Dias melhores pra sempre

MAURÍCIO GOMYDE

Dias melhores pra sempre

Pé da letra

2021

Esta é uma obra de ficção. Nomes, personagens, lugares, datas e acontecimentos descritos são produto da imaginação do autor. Inspirado em frases públicas de figuras públicas, qualquer outra semelhança com a realidade é mera coincidência.

Editor Responsável	*James Misse*
Capa e Projeto Gráfico	*Cosmo X*
Diagramação	*Marcos Jundurian*

DADOS INTERNACIONAIS DE CATALOGAÇÃO NA PUBLICAÇÃO (CIP)
Angélica Ilacqua CRB–8/7057

Gomyde, Maurício
Dias melhores pra sempre / Maurício Gomyde. — Brasil : Pé da Letra, 2021.
192 p. : il., color ; 16 x 23 cm.

ISBN 978-65-5888-278-7

1. Ficção brasileira I. Título

21-2342 CDD – B869.3

Índices para catálogo sistemático:

1. Ficção brasileira

*"O coração do homem é muito parecido com o mar,
ele tem suas tempestades, suas marés e suas profundezas; ele tem suas
pérolas também".*

*"Os pescadores sabem que o mar é perigoso e a tormenta terrível, mas este
conhecimento não os
impede de lançar-se ao mar".*

Vincent Van Gogh

PARTE 2
te amo

Bom Jardim da Serra – Santa Catarina

À beira do platô de um dos cerros mais altos da serra catarinense, a lâmpada intermitente do alpendre e a fumaça da chaminé indicavam o único sinal de vida num raio de dois quilômetros. Noite estrelada e temperatura beirando os cinco, o minuano forçava portas e janelas para se misturar à luz, ao calor e aos sons que tomavam conta do interior do pequeno chalé de pedra.

Como em muitos fins de semana desde quando nos tornamos a *famiglia*, estávamos nós quatro de volta ao refúgio que por tantas vezes alugamos para celebrar as alegrias e as angústias do mundo da medicina. Aquele era nosso último encontro na condição de estudantes, um ciclo iniciado no vestibular e que se completaria, dali a poucas semanas, no fim da residência médica de cada um. Quatro errantes perfilados diante de um muro da altura de um infinito de incertezas, para o qual não tínhamos alternativa a não ser escalar e esperar as surpresas do outro lado. Nada garantia que os planos seriam concretizados, nenhuma indicação de que a vida seria tão inesquecível quanto nossos pedidos a cada uma das estrelas que cruzaram o céu da serra. O frio na barriga, de certa forma, chegava a ser estimulante. Dos quatro, apenas eu continuaria em Florianópolis.

O tapete felpudo creme em frente à lareira servia de arena para jogos e conversas madrugada adentro. Quadros de corda colorida, um par de sofás cobertos com mantas de linha, um xaxim com uma samambaia de plástico preso ao forro paulista de madeira escura. No canto, a antiga cadeira de balanço talhada em bambu e com a palha do assento desentrançada seguia imóvel pelo menosprezo de quem nunca a levou para consertar. Um cheiro de velhice, de vó, do repelente espiral verde misturado à naftalina impregnada na velha estante de mogno, cujos títulos iam de Tolstói a Corín Tellado. Diversidade que não se via, por outro lado, na coleção de velhos discos de vinil franceses. Jean-Jacques Goldman, Gainsbourg, Brassens, Aznavour e Piaf, cujas capas empoeiradas guardavam canções que um dia fizeram a festa de quem morou ali.

Na cozinha, eu e Micaela tentávamos transformar ingredientes aleatórios num yakisoba, enquanto Dante e Karina, na sala, serviam o saquê e preparavam a mesa de centro para simular um jantar japonês.

— O molho de soja entra quando? — Eu mexia a mistura de filé, pimentão, cebola e broto de feijão sobre a chapa, em meio a uma fumaça cheirosa.

— Só no final. Cadê a acelga que botei na lista de compras?

Travei os dentes.

— Sério, Bruno, você não tem solução. — Micaela me olhou de lado.

— De toda forma, não me esqueci do amendoim.

— Só se for pra gente comer de aperitivo *antes* do yakisoba.

— Comida japonesa sempre tem amendoim no meio.

— Yakisoba é chinesa.

— Japonesa.

— Sem acelga é coreana.

— Sem amendoim é norte-coreana.

Micaela riu, empurrou-me com o ombro e fez a mistura final. — Vamos ver no que vai se transformar isso aqui. Pegue lá um pouco de saquê.

Coloquei a cabeça na sala. — Ei, cadê o saq... — Voltei apontando com o dedão por cima do ombro. — Os dois estão com a boca ocupada.

Micaela jogou a mistura na travessa e entrou na sala. — Meu Deus, nem começaram a arrumar a mesa! É muita falta de consideração com o pessoal da cozinha.

— Despedida é despedida. *Famiglia* é *famiglia*. — Dante pegou um copo e o levantou. — Que ela nunca mais fique um dia sem existir.

— Noventa por cento coração, dez por cento razão — gritamos em uníssono.

Uma canção num LP do Serge Gainsbourg escolhido por Dante preencheu a sala. Palavras seriam desnecessárias, muita coisa havia acontecido nos últimos anos. Idas e vindas, encontros e desencontros, derrotas tão importantes e significativas quanto as muitas vitórias. Éramos, ali, quatro páginas em branco de quatro romances ainda nos capítulos iniciais.

Dante começou a gargalhar.

— O que houve? — Ergui a sobrancelha.

Jane Birkin e Gainsbourg gemiam *Je t'aime... moi non plus*.

— Vocês conseguem imaginar os velhinhos donos deste chalé escutando essa música deitados aqui no tapete?

— Paixão não tem idade — retrucou Karina.

— Concordo. — Olhei sutilmente para Micaela.

— Yakisoba? — Ela devolveu, constrangida, apontando para a mesa de centro.

Sentamo-nos sobre o tapete.

— Preciso contar uma coisa — prosseguiu Micaela. — Eu e Karina vamos mochilar pela Europa por três semanas, logo depois da residência. Nossas últimas férias como mulheres irresponsáveis. Depois de amanhã vamos comprar as passagens.

— Nem convidam — reclamei. — Isso não se faz com membros fundadores da *famiglia*.

— É uma viagem restrita à ala feminina. Uma jornada cem por cento cultural.

— Jornadas cem por cento culturais excluem a ala masculina?

— Nós vamos gastar horas em museus. — Micaela semicerrou os olhos em minha direção. — Sabe aquela coisa de ficar parado, olhando os detalhes, as sombras e luzes, tentando compreender a razão por trás de cada pincelada, depois mudar o ângulo, refletir e imaginar o pintor no momento da criação?

— Só essa descrição já me deu sono.

— Pois é, pelo que conheço de vocês dois, depois de cinco segundos diriam: "lindos desenhos, mas onde é o bar desta espelunca?". E o primeiro que chamasse um quadro do Cézanne de desenho tomaria um tapa de mão bem aberta.

— Às vezes você me dá medo, Mica. — Arregalei os olhos e sorri.

Após o jantar, Karina buscou um pote de sorvete napolitano, um tubo de calda de chocolate e quatro colheres. Sentados no tapete e recostados no sofá, comemos em silêncio. Os olhares trocados, úmidos e distantes, deixavam no ar a melancolia de uma despedida que sempre soubemos um dia chegaria.

2

— Vamos jogar Verdade ou Consequência? — Karina quebrou o silêncio.

— Brincadeira de adolescente?

— Tentemos perguntas de adulto.

Dante afastou a mesa de centro, colocou a garrafa de saquê sobre o tapete. Todos nos acomodamos ao redor.

— A base pergunta e o gargalo responde — Karina passou as regras e girou a garrafa.

Três ou quatro voltas depois...

— Bruno para Dante.

— Verdade ou consequência?

— Verdade.

— O que você sente pela Karina?

Dante olhou de lado, ela deitou a cabeça sobre o ombro e arqueou as sobrancelhas.

— É linda, é doce e beija bem demais da conta. O resto, não posso contar. — Gargalhou e Karina deu a língua em resposta.

Nova rodada.

— Dante para Bruno.

— Verdade ou consequência?

— Verdade.

— O que você sente pela Micaela?

— Ei, são essas aí as tais perguntas de adulto? Vocês combinaram, foi? — Micaela franziu a testa.

— Ela... — Pigarreei. — Me faz sentir protegido.

O silêncio se fez.

— Só isso? — gritou Dante.

— Muito decepcionante — emendou Karina.

— Eu achei bem digno. — Micaela me beijou no rosto.

Rodamos a garrafa.

— Karina para Micaela.

— Verdade ou consequência?

— Consequência.

— Dança do ventre! Quero dar umas gargalhadas bem histéricas.

— Dante, bota algo mais animado na vitrola. — Micaela já tirava as sandálias. Foi para o meio do tapete, subiu a blusa até a altura do peito, fez um nó, abaixou o cós da calça jeans, fechou os olhos e passou a dançar. Levantou os braços, balançando os quadris.

Perfeita!

Aplaudimos ao fim do show.

— Depois desta cena memorável, vamos dançar? Danem-se as verdades e as consequências — sugeri.

Apagamos os lampiões, enrolamos o tapete. Dante colocou um velho disco do Jean-Jacques Goldman. A luz na lareira criou sombras delirantes e os móveis ganharam vida, dançando conosco pelas paredes. Não sei se eu estava dançando direito ou protagonizando um momento lamentável, mas justamente a ausência de noção das coisas tornava tudo aquilo mágico. Eu segurava Micaela pela cintura, rodávamos, ela jogava a cabeça para trás, voltava, mordia o lábio inferior e me encarava. Peguei-a no colo, giramos e quase caímos, em meio a gargalhadas bêbadas. Larguei-a, puxei Karina pelas mãos. Dante foi dançar com Micaela, em seguida os quatro juntos. Dançamos e bebemos e dançamos e bebemos. Até que, como num daqueles filmes quando a festa está pegando fogo e uma música atravessa o clima e abre as portas de um desejo louco para sair, entrou uma canção daquelas que a gente não sabe se dança separado ou junto. No canto da sala, Dante já beijava Karina. Estendi a mão à Micaela, que devolveu uma reverência de joelhos dobrados. Puxei-a para debaixo da escada, onde a luz da lareira quase não chegava. Coloquei meu rosto entre seu pescoço e ombro, nossas respirações começaram a frear. Fechei os olhos e o mundo passou a rodar mais veloz do que nossa dança esquisita. Segurei meus cinco sentidos na Terra, para não me desmontar em pedaços impossíveis de juntar. O cheiro de seu perfume já tinha tomado conta de mim. Uma das mãos nas costas dela, a outra tentando segurá-la e me segurar.

Nunca imaginei que chegaríamos a superar esta barreira quase intransponível entre amizade e amor. Paramos de dançar nossa dança sem passo, padrão e ritmo, e nossas bocas se procuraram, embebidas no álcool que elimina obstáculos, torna fácil o impossível, transforma o inconsequente em decisivo e em real o inimaginável. Apertei-a contra mim, ela correspondeu. Beijamo-nos até o fim da canção. Ao som dos últimos acordes, ela desencostou a boca e murmurou:

— O que a gente tá fazendo?

Colei outra vez nossas bocas. E ela me beijou com uma força impossível vir de uma criatura tão frágil. Caímos no sofá e nos beijamos como se o ar de nossas respirações fizesse parte do último suspiro de nossas vidas.

— Vamos devagar, Bruno.

— Só não me deixa parar, por favor.

— Nunca pensei que a gente um dia... Ai, bebi demais. — Ela mirava-me com olhos embriagados, sorria e balançava a cabeça lentamente.

Eu não sabia o que dizer e talvez nem precisasse mesmo.

— Melhor a gente dormir, né? Amanhã precisamos voltar cedo — sussurrou ela.

Um primeiro, único e perfeito beijo, mas, ainda que minha vontade fosse não perder mais um segundo de qualquer coisa relacionada a ela, decidi não avançar. Dante e Karina haviam sumido. Levantei a agulha que circulava na parte central do disco e emitia um som arranhado e sujo. Desliguei a vitrola. Micaela acariciou meus cabelos longos, olhou-me fundo nos olhos e foi para seu quarto. Fechou a porta. O relógio acima da lareira marcava três e meia. Desenrolei o tapete e me deitei no sofá. O resto da lenha crepitava, os móveis dançavam calmos pelas paredes, o minuano insistia em forçar a porta.

E eu já era, então, outro homem.

3

Impossível dormir com o barulho da conversa na mente. Interrogatório de mim sobre mim mesmo, réu e promotor. Perguntas e respostas sem nexo, dúvidas mil, ponderações, defesa frágil sobre acusações cheias de provas, a certeza de ter cruzado uma linha imaginária tão perigosa quanto incrível. Saí para o alpendre com uma coberta, precisava me distrair com outro cenário que não aquele onde eu e Micaela havíamos... sei lá o que havíamos feito um ao outro.

A Serra do Rio do Rastro era um dos lugares mais bonitos onde eu já tinha estado. Na internet, as fotos do chalé, da grande cerejeira-ornamental próxima à porta e do cenário aberto da serra visto da beira do penhasco, haviam sido os motivos pelos quais escolhemos alugá-lo da primeira vez. Dali era sempre possível ver o vale, mas naquela noite a neblina cobria boa parte do cenário. Em frente a um interminável colchão-precipício forrado por nuvens-algodão, a vontade de me atirar era tão grande quanto a de voltar ao quarto de Micaela e dizer tudo o que golpeava a porta do meu peito.

Deitei-me na rede armada entre as grossas pilastras de madeira, impulsionei-a para balançar e me cobri para me proteger do frio. O ranger da rede trocava ritmo com insetos enlouquecidos chocando-se contra a lâmpada intermitente prestes a queimar numa luminária enferrujada. Minha mente parecia ter-se desligado, um computador em modo de hibernação.

— Não consigo dormir.

Tomei um susto e respondi com um sorriso. Abri a rede para os lados.

— Te esquento, se quiser.

Quando Micaela deitou o rosto em meu peito e molhou de leve minha camisa, recebi aquele choro como um enigma indecifrável. Eu não sabia se ela estava arrependida, feliz, se voltara para consertar o que não deveríamos ter feito ou selar o início de uma nova história. Ficamos um tempo apenas ao som dos galhos da cerejeira duelando entre si, até, após mais de dois anos de indecisão, finalmente eu me encher de coragem e sussurrar:

— Olha, Mica, eu queria dizer que... Sabe, a gente... Quer dizer... Não sei você, mas eu... Então, desde quando voltei do Havaí, minha vida... — Parei o discurso cambaleante, ao perceber que ela já dormia. Abracei-a mais forte e acariciei seus cabelos.

Foi naquela noite, numa varanda de um chalé encravado no alto do mundo, que tive a sensação de que nada mais seria como antes. Que eu deveria me preparar para um novo tempo, porque, ao contrário do que jamais imaginaria, de fato a vida seguiria por estradas muito diferente das traçadas por nós quatro naquele fim de semana. Os desígnios meus e de Micaela seriam percorridos em águas ainda mais turbulentas, e os de Dante e Karina não mais se cruzariam como haviam desejado outrora. Os novos obstáculos e desafios seriam transponíveis? A que custo? A cada nova esquina do mundo, novos sonhos seriam apresentados, vividos, conquistados ou desfeitos? Seríamos felizes? Tristes? Realizaríamos nossos planos e projetos pessoais?

Culpado ou inocente? Livre ou trancafiado numa cela imaginária por trinta anos? Qual o veredito, seu juiz? Antes de ouvir a sentença, cerrei os olhos e encerrei a melhor noite da minha vida.

4

Despertei com os primeiros raios da manhã tocando meu rosto. As costas doíam horrores. A neblina havia se dissipado e o prenúncio era de um dia claro. Tirei o braço dormente por debaixo de Micaela, revirei-me e consegui sair da rede sem acordá-la. A porta do quarto de Dante e Karina seguia fechada e o silêncio imperava no chalé. Ao abrir as janelas, os móveis ganharam vida, como se despertassem do sono pesado imposto pelo lugar a cada noite. Preparei café forte e sanduíches de queijo e presunto. Voltei à varanda e Micaela olhava para a paisagem com um semblante enigmático, do tipo que pedia que perguntas não fossem feitas.

— Fiz pra você.

Ela se espreguiçou e sorriu. Sentei-me no chão, encostado a uma das pilastras que sustentavam a rede. Ela se sentou de frente para mim, encostada à outra pilastra, e ficou me encarando.

— Que foi? — Sorri.

— Só tentando desvendar se aconteceu uma coisa ontem à noite ou se foi um sonho que tive.

— Tive um sonho também e acordei me perguntando a mesma coisa.

— Como foi seu sonho? — Ela deu um gole no café.

— Eu beijava a menina mais linda do mundo, durante uma dança.

— Sonho bom?

— O melhor.

— Estranho, sonhei parecido. O melhor que já tive também. Mas fiquei confusa, porque o menino que beijei é um grande amigo meu.

— Ela é minha amiga também, e acho isso uma coincidência incrível. Entendo seus sentimentos.

— Prezo demais a amizade dele.

— Na sua visão, a amizade é um empecilho?

— Não suportaria perder a amizade dele, caso virasse uma história de amor.

— Não se iluda, toda história em que acontece um beijo daquele, durante uma música daquela, já é de amor. E toda história de amor não sobrevive sem uma boa amizade.

— Ao mesmo tempo, toda história de amor termina algum dia. — Micaela suspirou.

— Faz parte do risco, então. Se eu fosse você, não teria medo de encarar.

— Se eu fosse você, pensaria duas vezes antes de dizer isso.

— Uma vez me disseram que um dos grandes desafios da vida é provar que as teorias estão erradas. Eu não vou mais impedir que o amor flua na minha vida. Independentemente do que possa acontecer daqui em diante, vai ser um sonho que nunca vou esquecer.

Ela demorou a responder. — Eu também não. — Piscou em minha direção e voltou o rosto para o vale.

Fiz o mesmo e, no tempo em que o vento assobiou uma fina melodia de poucos compassos, mudei de assunto:

— Quando você chegar da Europa com a Karina, vai voltar mesmo pra São Paulo?

— A vaga no Instituto do Coração deve sair.

— E sua mãe?

— Desta vez levo comigo.

Minha vontade era pedir que Micaela ficasse para sempre em Florianópolis, mas era impossível rivalizar com a importância daquela vaga para a carreira dela.

— Tô pensando uma coisa aqui. — Mordi o pão. — A data de fundação da *famiglia* é no dia do meu aniversário, certo? E neste ano cada um vai estar numa cidade.

— Triste.

— Que tal nos encontramos aqui no chalé? — Abri o calendário no meu celular e consultei. — O dia 26 de junho vai cair num domingo.

— Pode ser, vamos combinar com os dois lá dentro. E, falando neles, vão passar a manhã inteira trancados no quarto?

— Despedida é assim. Quanto mais intensa, mais inesquecível. A minha foi num sonho.

Ela me sorriu.

Dante apareceu, olhos inchados, cabelos desgrenhados e para cima. Estacou, olhando para o nada. Eu e Micaela não conseguíamos parar de rir.

— Mal dormi essa noite. — Ele resmungou e arrastou os pés de volta para o quarto. — Vou acordar a amiga de vocês. Podem começar a se arrumar.

Uma hora depois, caminhonete carregada de malas e mantimentos, pedi a última foto. Posicionei a câmera sobre um toco de madeira, ajeitei o foco, cliquei no temporizador e corri para junto dos três. Embaixo da grande cerejeira, chalé ao fundo e céu muito azul, tiramos uma foto memorável.

Com Dante e Karina na frente, eu ao lado de Micaela no banco de trás, fomos embora.

— Vinte e seis de junho? — perguntei.

Os três gritaram:

— Fechado.

Havíamos combinado de descer a serra e voltar a Florianópolis no fim da manhã. A distância de 250 Km costumava ser percorrida sem sobressaltos em pouco mais de três horas, levando-se em conta que a descida requeria atenção redobrada e baixas velocidades. A estrada da Serra do Rio do Rastro, considerada por muitos a mais fantástica do mundo, tem mais de 250 curvas num trecho de pouco mais de 8 Km. Na média, uma curva a cada 32 metros. Nas diversas vezes em que voltamos do chalé, a diversão foi contar as curvas mentalmente. De tempo em tempo eu gritava "qual a curva?" e nós quatro respondíamos o número da curva na sequência. Uma tradição boba da *famiglia*.

O sol estourava a paisagem, como um enorme holofote sobre um palco infinito. Algo incomum para a época do ano naquela região. Abrimos os vidros, Dante acelerou. Na primeira curva da descida, gritei:

— Qual a curva?

— Uuummmm — gritamos.

Um minuto depois, gritei:

— Qual a curva?

— Dezessete! — gritamos eu, Dante e Micaela.

— Dezesseis! — gritou Karina, ao mesmo tempo.

— Karina fora — devolvi, sem pestanejar.

Ela tentou reclamar, mas foi ignorada.

Algum tempo depois, retomei:

— Qual a curva?

— Trinta! — berramos eu e Dante.

— Trinta e um! — gritou Micaela.

— Micaela fora — decretei.

— Ai, que raiva! — gritou ela e começou a passar a mão na frente do meu rosto, para me desconcentrar da conta.

Abracei-a, deitei sua cabeça sobre minha coxa esquerda. Ela fechou os olhos, sorriso calmo e sereno. Passei a acariciar seus cabelos. Três minutos em silêncio, Dante acelerava e eu já havia perdido a conta muitas curvas atrás. Abaixei o rosto e fixei outra vez meus olhos nos de Micaela. O mundo parecia ter parado. Então, levantei o rosto e gritei mais uma vez:

— Qual a curva?

PARTE 1
sinto muito

5

Quatro anos antes. Segunda quinzena de novembro. Madrugada.

— *Arribaaaa! Abajoooo! Al centrooo! Adentrooo!* — berrávamos, enquanto erguíamos, baixávamos, levávamos adiante e entornávamos os copos shot cheios de tequila até a borda.

As músicas folclóricas tocavam em uma altura quase insuportável, mas, na verdadeira confusão que imperava no lugar, ninguém parecia se importar. Eu já tinha perdido a noção de quem era e de onde estava, assim como as contas de quantas vezes repetimos aquele brinde desde o instante em que eu e a turma dos surfistas aportamos no bar mexicano, à beira da lagoa da Conceição, para celebrar a viagem do dia seguinte. Ignorando a reclamação de um garçom, peguei uma caveira de vestido colorido e sombrero ornado com rosas, parte da decoração do bar, e subi na mesa. Dançamos o velho chicano rock dos The Champs, o solo de saxofone e a catarse dos clientes berrando, ao fim da rodada: *Tequila!* Atirei a caveira para o Guga e puxei Ana, minha namorada, para cima da mesa. Arranquei-lhe um beijo apaixonado. Ela, ainda mais bêbada, só não despencou no chão pois foi aparada por duas amigas tão bêbadas quanto. Pulei para o chão e tombei por cima do Guga e do Pequeno. Abraçamo-nos.

— Amanhã é nosso dia, *brothers*! — Fechei os olhos com o rosto para cima e berrei: — Uhuuuuuuu!

La Cucaracha começou a tocar, organizei uma fila de dançarinos-clientes. À frente da linha, eu comandava a gritaria dos bêbados: *La Cucaracha, la Cucaracha ya no puede caminhar*, enquanto Ana já estava sucumbida ao álcool e derrubada no chão, entre duas cadeiras. Eu não conseguia parar de gargalhar da cena.

Eu e Ana saímos do bar tropeçando em nossas pernas, levando dois burritos quentes e recheados para comermos em alguma praia deserta, em nossa despedida particular. Ainda absolutamente bêbado, fui dirigindo a caminhonete, serpenteando por ruas vazias, tirando finas de postes e carros estacionados. Na verdade, eu não fazia ideia de para qual praia iríamos, ou mesmo se ainda faríamos a despedida, pois Ana já tinha baixado o banco e dormia de boca aberta. Então parei diante de um semáforo. Ele esverdeou, avermelhou e esverdeou novamente. Impossível concatenar mente, braço e pés para engatar a marcha e seguir adiante. Ao olhar pela janela, deparei com um velho mendigo caído na esquina, abraçado a um saco plástico e a um cobertor cinza puído. A luz do neon escrito "O melhor pão com linguiça do mundo", na vitrine de uma lanchonete fechada, acendia e apagava sobre ele. O velho, roto, não tinha pernas. Tiritava de frio. O olhar dele para mim foi cortante, como se suplicasse ao menos um olhar compassivo em retribuição. Estendeu-me a mão, um pedido de socorro em meio a um afogamento. Olhei para os burritos ainda fumegando e, desconcertado, desviei o olhar até finalmente conseguiu sair com o carro. *Azar o dele, pelo menos não sou eu, deve gastar a vida em cachaça, fazer o quê?* Logo mais, ao estacionar em frente à minha casa, percebi que Ana não estava mais ao meu lado. Não me lembrava de tê-la deixado em sua casa, deveria ter deixado, obviamente deixei.

Arrastei-me até meu quarto e apaguei.

6

A cabeça ainda girava pela bebedeira da noite anterior, a sensação era a de ter sido atropelado por um trem. Abri os olhos e *La Cucaracha* se repetia na mente como um velho disco riscado.

— Ah, cucaracha dos infernos, me larga! — Peguei em cima da cômoda o bilhete da companhia aérea, um verdadeiro passaporte para outro planeta, e sussurrei o trajeto de ida e volta: — Floripa, São Paulo, Miami, Honolulu, Miami, São Paulo, Floripa.

As férias prometiam. Fim do penúltimo ano da faculdade de medicina, aquela seria minha primeira vez no Havaí. Eu, Guga e Pequeno tínhamos planejado tudo por um ano. A *surf trip* das nossas vidas. Eu já surfara picos no Brasil, África do Sul e Austrália, mas finalmente conheceria o local com o qual sonhei a vida toda. Nasci com a paixão pelo surfe enterrada no peito. Fui batizado no mar por meu avô, numa noite de céu aberto e lua cheia. As inúmeras praias de Floripa, o jeito calmo de levar a vida, *surf music* entranhada na pele, a força das ondas e o som do vento faziam da ilha meu lugar no mundo, onde sempre quis ficar e para onde sonhava retornar. Na adolescência quis me tornar profissional, cheguei até a arriscar campeonatos. Após alguns troféus, muitos caldos e poucos tubos, percebi que aquele jamais me seria um meio sustentável de vida. Na verdade, nunca fui um surfista suficientemente bom para me dedicar apenas ao esporte. Ao ponto de o surfe seguir nas minhas veias como uma paixão forte, mas nada além disso.

Pela janela vi meu pai terminando de prender no rack da minha caminhonete o *bag* com Daniela, minha prancha preta e rosa de 6.3 pés, batizada em homenagem à praia onde, na adolescência, me refugiava para fumar baseados nos fins de tarde. Tentei ligar para Ana, sem sucesso.

Certamente ela não acordaria nas dez horas seguintes. Deixei um recado: “Tremenda noite, hein, linda? Tequila! Tô indo pro aeroporto, me liga quando acordar. Adoro você”.

Desci correndo as escadas. Minha mãe, minha irmã Flávia e dona Conceição, que trabalhava na casa desde muito antes de eu nascer, plantavam-se na porta.

— Tchau, meninas. Prometo voltar inteiro. Ceiça, receba-me com um bacalhau cheio de azeite, cebola, ovo e pimentão, por favor. Daquele que só a senhora sabe fazer.

— Pode deixar, seu Bruno. Vai sair no capricho.

— Ele vai pro Havaí e ainda se acha no direito de exigir. — Flávia me deu um soco no braço.

— Deixa o menino, dona Flávia. Ele merece. Vai virar doutor quando voltar e merece o melhor.

— Menino... — resmungou Flávia.

— Toma muito cuidado lá, filho.

— Pensarei em vocês três quando estiver dentro de um tubo interminável.

Ao entrar na caminhonete, pisei nos burritos gelados, caídos no assoalho do carona.

— Ah, que maravilha! Só para atrasar a viagem.

Joguei os burritos no lixo, limpei a sola do tênis e seguimos para o aeroporto.

Eu, Pequeno e Guga desembarcamos em Honolulu depois de quase vinte e quatro horas de viagem. Atravessamos o saguão com as pranchas e malas, cruzando tantos que chegavam ou partiam e, assim como nós, carregavam capítulos de aventuras para contar aos seus. Nós três parecíamos crianças, com colares havaianos de boas-vindas ao redor do pescoço e gritando *aloha* para toda morena que cruzava nosso caminho. Alegres, gentis em excesso, peitos estufados e passos firmes, sentíamo-nos reis de um reino onde todo mundo se considerava parte da realeza. No trajeto de táxi até o hotel, em Waikiki, o jovem motorista nos posicionou sobre as condições do tempo, nos deu um panfleto com a tábua de maré para o mês, passou dicas de onde costumavam quebrar as melhores ondas aqueles dias e quais os bares promissores. A ideia, porém, era surfarmos o máximo de picos, e isso exigiria dispensarmos as noitadas.

No primeiro dia fizemos *stand-up paddle* e canoa havaiana em Waikiki mesmo, e rodamos um pouco pela vida agitada da cidade. Em seguida, alugamos um jipe e rumamos para o milagre das sete milhas, no North Shore de Oahu. Pegamos um albergue em Haleiwa, e Waimea Bay Beach nos deu a água verde mais clara que eu já tinha visto. No inverno, as ondas ali podem chegar a dez metros, mas por sorte elas não passaram de quatro, já muito para meu surfe amador. Admito, o medo sempre me foi muito mais aliado que sombra. Sem crise quanto a isso. Bem antes do pôr do sol, o *crowd* aumentou e resolvemos sair da água. Fincamos nossas pranchas na areia clara e gastamos o tempo observamos os malucos mergulhando da grande pedra na beira da água.

No fim da tarde do quinto dia, sentamos para tomar um *shave ice rainbow*, um tipo de raspadinha colorida.

— Irmãos, quero ficar aqui pra sempre — sussurrou o Pequeno. — Não me deixem voltar. Se eu entrar no avião de volta, me joguem pela janela.

— Ah, se eu pudesse... — reforcei.

— E por que não pode? Larga tudo e fica.

— Rapaz, falta quase nada pra eu me formar. Já cheguei até aqui, agora é ir no embalo.

— E já sabe qual especialidade vai escolher?

— Ainda não, mas certamente algo do tipo trabalhar pouco e ganhar muito. Talvez dermatologia. Estética, claro. Abrir uma clínica, cuidar de uma espinha aqui, uma manchinha acolá e pronto: consulta feita, consulta paga. Não quero encrenca, sangue, nem gente morrendo do meu lado.

— Mas foram tantos anos estudando!

— Pois é, já fiz minha parte. Rapaz, eu lá tenho cara de quem vai encarar plantão em hospital público, gastar a madrugada atendendo gente pobre e no dia seguinte não conseguir acordar pra surfar?

— Quer saber? Você tá certo. Ficar rico na manha e aproveitar a vida. Tem muita onda quebrando nesse mundo, doida pra ser surfada.

— Pode crer.

Encostamos nossos punhos.

Uma plaquinha de madeira, numa das pilastras da loja, capturou minha atenção. Tinha quatro pequenos dizeres: *Sinto muito; Me perdoe; Eu te amo; Sou grato*. E enquanto Guga e Pequeno bolavam seus planos impossíveis de nunca mais voltarem ao Brasil, meus pensamentos voaram longe.

Chegamos ao sexto e penúltimo dia. Todos os caminhos levam ao Rocky Point, e lá fomos nós em busca das esquerdas tubulares de Sunset Beach. No caminho, paramos para fotografar Banzai Pipeline, que já apresentava suas garras nervosas. Sabíamos o que nos esperava em nosso destino e era indefinível saber onde terminava a excitação e começava o medo. Vesti a roupa de neoprene, massageei a parafina para água fria pelo corpo de Daniela e mentalizei a oração de comunhão com os deuses da natureza. A alguns metros, como se eu tivesse sido jogado para dentro de um filme do Elvis Presley, um havaiano de uns cento e vinte quilos, vestindo bermudão florido e colares no pescoço, dedilhava um ukulele e cantava uma canção preguiçosa. Entrei na água antes do Guga e do Pequeno, mais preocupados em observar três meninas de *topless* do que em descer as ondas perfeitas formadas pelo *swell* de noroeste golpeando a costa. Por outro lado, eu não queria deixar de aproveitar o fato de haver poucos surfistas na área, pois isso garantiria maiores chances de não precisar disputar ondas.

No fim da tarde, após descer algumas séries bem interessantes e tomar caldos memoráveis, quando o céu já quase tocava o horizonte e os últimos raios de sol alaranjavam o cenário de meu sonho havaiano, sentei-me na prancha logo após a arrebentação. Cada detalhe do visual coroava um dia perfeito. Eu estava amarradão, nunca tinha surfado tão bem. Decidi fechar os olhos, ficar em meio ao balanço do mar, ouvindo o barulho das ondas e sentindo o vento no rosto. As palavras daquela plaquinha voltaram: *Sinto muito; Me perdoe; Eu te amo; Sou grato.* Eu era o homem mais feliz do mundo, aguardando para remar a última onda, no momento mais incrível da minha vida.

Até ele me atacar.

Certeiro, veloz, com a agilidade e a violência de quem não concede à presa qualquer possibilidade de reação, fuga ou pedido de clemência, era uma perfeita máquina de triturar. Mal houve tempo de entender na enrascada em que eu tinha me metido, quando o tranco para baixo na perna direita, na altura da coxa, derrubou-me na água. Tomado pela sensação de um calor infernal corroendo meu corpo de dentro pra fora, agarrei-me à prancha e comecei a berrar, no instante em que uma segunda mordida atingiu minha panturrilha esquerda e me puxou para o fundo. Uma enorme mancha escura passou ao meu lado e se afastou. Subi à superfície junto a um traçado de sangue. A dor não surgiu de imediato, certamente bloqueada por um pavor impossível de explicar. O Guga e o Pequeno remaram até mim, gritando em desespero.

— Caralho, fui mordido! — eu gritava e chorava e gritava e chorava. — Pelo amor de Deus, alguém me tira daqui. Tem tubarão, tem tubarão!

— Pequeno, fudeu! Me ajuda aqui, rápido! — gritou Guga.

Pequeno começou a chorar. Os dois me puseram em cima da prancha, remavam muito rápido. Guga berrava para as pessoas na areia num inglês incompreensível, no desespero natural de quem jamais imaginaria como agir numa situação daquela. Para piorar, a linha de sangue funcionava como um sinalizador a lembrar ao monstro de que a refeição estava incompleta e havia ainda três sobremesas se debatendo na água. Visão turva, um caldo atrás do outro, eu não conseguia me agarrar à prancha, presa pelo *leash* ao meu tornozelo e ainda com potencial de me atingir na cabeça. Uma sequência de ondas bravas, como mãos pesadas esmagando meu corpo, levava-me para o fundo e lá me segurava. Rocky Point é um *reef break*, a bancada de corais é muito rasa, e enfiar a cabeça numa pedra não estava longe de acontecer. O ar retido da última vez na superfície parecia insuficiente para me manter vivo. A morte, visita cruel e indesejada, batia à minha porta muito antes de eu ter chance de berrar um "peraí, você tá pegando a pessoa errada". As alternativas não eram nada animadoras: morrer afogado, morrer esborrachado nos corais ou morrer dentro de um tubarão. Morrer. *Uni duni tê.*

O destino, entretanto, puxou uma carta da manga e surpreendeu a audiência, ao decidir que minha hora não havia chegado ainda. Fui agarrado e puxado para cima, colocado sobre a traseira de um jet-ski. Batidas do aparelho na água, sol queimando a pele, as carnes das pernas penduradas como a sobra de um almoço que iria para a lixeira da natureza. Dois burritos pisados, esmagados, dilacerados e vomitados. Chegamos à praia, o piloto me carregou até à areia, enquanto gritava num dialeto havaiano algum código para situações como aquela. Minha adrenalina começou a baixar e então veio a maior dor que senti na vida, junto a uma sede inexplicável. Eu gritava como um animal ferido prestes a ser abatido pelo golpe de misericórdia, olhando para dezenas de rostos de expressões aterrorizadas, ao verem minhas pernas dilaceradas.

— *Easy, bro. Easy, bro* — gritavam os banhistas.

Com a ajuda de surfistas locais, o salva-vidas fez torniquetes para estancar o sangue. Os paramédicos chegaram em poucos instantes e me imobilizaram na prancha de madeira. Bateram a porta da ambulância, passei a escutar a sirene e o ronco do motor empurrando o veículo à máxima velocidade. Minhas pernas tinham inúmeros fragmentos ósseos expostos, lesões nos nervos e músculos. Meu pé esquerdo se pendurava por um fiapo de carne. Enfiaram agulhas em mim. Guga segurava minha mão, empilhando uma oração em cima da outra. O rosto do Pequeno estava desfigurado de medo.

Foi a última cena de que me lembro antes de apagar.

7

— Onde eu tô? — Completamente grogue, abri os olhos em um quarto de hospital. Eu não sentia nada da cintura para baixo, provavelmente por doses cavalares de anestesia.

— Relaxa, *brother*. O atendimento aqui é de primeira. — O Pequeno pousou a mão no meu ombro.

— Vai dar tudo certo — disse Guga.

— Era um tubarão-tigre cabuloso — complementou Pequeno, como se a informação pudesse aliviar a dor que atravessava meu corpo.

Comecei a me lembrar de tudo e a chorar.

Guga colocou um papel sobre meu peito. — Olha, veio este formulário aqui pra você assinar.

— Formulário de quê? — Passei a ler, tentando fingir já não ter entendido prontamente o significado da tragédia ali escrita.

— Os médicos estancaram o sangramento — Guga me dava a notícia com os olhos cheios e descompassando as frases, apontando para um bolo de ataduras sobre minhas pernas. — Salvaram sua perna direita, meteram enxerto e costuraram como deu. Mas a esquerda... — Pigarreou. — Vai precisar amputar do joelho pra baixo, irmão. E você precisa autorizar e informar se tem algum tipo de alergia a uns medicamentos desta lista. — Apontou para uma lista interminável numa folha. — Procedimento do hospital, eles não se responsabilizam por nada. É tudo nas suas costas. Precisa ser rápido.

— Amputar? Porra. — O choro desceu como o de uma criança.

— Calma, vai ficar tudo bem.

— Não tem jeito deles...?

— Não, Bruno, não tem como reconstruir. Boa parte da perna se foi.

— Sempre tem um jeito.

— NÃO TEM! E não vou pousar no Brasil com você dentro de um caixão, *brother* — gritou Guga. — Se você não amputar, pode morrer antes de pensar em fazer qualquer outra coisa na vida.

— Quem disse isso?

— O médico, e eu não vou contestar. Eu acho, só tenho uma leve suspeita, de que você acredite em médicos, não? A equipe cirúrgica já tá pronta, mas, aqui, tudo tem a porra de uma papelada pra assinar. E como eles não começam merda nenhuma antes das malditas assinaturas, a decisão é sua. Assina logo, porque eu não tô a fim de falsificar a assinatura de ninguém. E você pode acreditar, ah, mas pode acreditar como se fosse a última coisa da sua vida, que eu falsifico direitinho.

— Afora a quantia astronômica que você vai precisar desembolsar, já somando ao enxerto da outra perna — completou o Pequeno. — Mas isso não está em discussão, porque não vai adiantar nada você não querer pagar e morrer com o bolso cheio de dinheiro.

Rabisquei, como se assinasse uma sentença de vida com uma arma apontada para a cabeça. Assina ou morre. Paga ou morre. Tremendo, fui conduzido à sala de cirurgia. Luz forte sobre meus olhos, o médico tentava detalhar o procedimento, em meio às conversas ininteligíveis dos assistentes, aos sons dos aparelhos e ao cheiro de éter. Enfiaram agulhas em meus braços. Anestesia e coragem foi só o que pedi. E, até apagar, não parei de repetir:

— Não me deixem morrer, por favor.

Dois dias de pesadelo naquele hospital até os efeitos da anestesia e dos sedativos começarem a passar. Acordei e dormi inúmeras vezes. Via meus dois amigos, gente desconhecida, ficava sozinho, gritava. Enfermeiras vinham me acudir. O Pequeno contou, tempos depois, que meus gritos eram ouvidos do andar de baixo.

No terceiro dia, Guga entrou no quarto segurando o celular e balbuciando de um jeito atropelado:

— É a Ana, cara. Tá ligando desde ontem e eu evitei de atender. Falei com ela mais cedo e só enrolei. Não tive coragem de contar. Disse que você se machucou surfando, que a gente resolveu ficar mais um pouco e você ligava de volta.

Peguei o celular, respirei fundo.

— Oi, Ana. — Segurei o choro. — Tá tudo bem. Sofri um acidente surfando e me machuquei, mas vai ficar tudo... Juro, tá tudo bem. Volto logo... Não, não precisa se preocupar... Também te adoro. Pensa em mim?

Desliguei e me senti o pior dos homens, ainda que não ter coragem de contar a ela que eu tinha me tornado aleijado fosse compreensível. Eu não estava mesmo preparado para aquilo. Então, a porta abriu outra vez e meu pai entrou.

— Pai? Desculpa — falei, sem conseguir controlar o choro que voltava toda hora. Abraçamo-nos.

— Pelo quê, filho? Foi um acidente. — Ele também chorava.

— Não queria que você viesse até aqui pra me ver assim.

— Assim como? Pra mim, nada mudou.

Eu não olhava para baixo, não queria ver as verdadeiras massas de carne inchadas em que haviam se transformado uma perna e outra meia-perna.

— Eu virei aleijado, pai — murmurei.

— Não fala assim. — Ele passou a mão nos meus cabelos.

— Não, eu não sou do tipo que finge que nada aconteceu. Aleijado, deficiente, manco, um coitado de um perneta. Como vai ser agora?

— Agora vai ser como tem de ser e ponto final — a voz saiu ríspida.

Suspirei e passei a mão nos olhos para limpar as lágrimas. — E a mãe?

— Ficou em casa rezando por você. Já liguei e disse que está tudo bem.

— Você mentiu. Não tá nada bem.

— Bruno, você está vivo. Tem coisa mais importante?

E eu só entenderia a descomunal força daquela pergunta muitos anos depois.

8

Na manhã do retorno ao Brasil, após entrevistas para dois sites e um jornal havaianos especializados em surfe, chamei o Guga e o Pequeno e pedi para enterrarem Daniela na areia de Waikiki. Ela já tinha cumprido sua missão e passaria a ser apenas a fagulha de uma época memorável da vida. O epílogo de minha história no surfe.

Assim eles fizeram.

A chegada a Florianópolis foi doída. Muito além da dor física, sobrevinham a dor emocional e a vergonha por ter ficado daquele jeito. Eu havia pedido para meu pai não revelar a ninguém o horário do voo, não queria olhares de pena de um irresponsável que foi arranjar de ser mordido por um tubarão a milhões de quilômetros dali. Mas, sentado na cadeira de rodas, vi através dos vidros do desembarque a recepção que me esperava do outro lado. Suspirei e encarei meu pai, que me devolveu um pedido de desculpas silencioso. Assenti para ele seguir empurrando a cadeira. Por detrás do guarda-corpo estavam minha família, Ana, amigos do surfe e mais três pessoas da faculdade. Até faixa tinham feito, com mensagens de esperança. Quem menos chorou por fora fui eu. Minha mãe correu até mim, amparada por minha irmã e uma tia, e se ajoelhou em frente à cadeira de rodas.

— Meu filhinho — repetia ela, com o rosto deitado em meu colo. As três choravam.

— Desculpa, mãe. Não consegui cumprir a promessa de voltar inteiro — tentei trazer algum tipo de otimismo à cena trágica. — E é só metade de uma perna, não é o fim do mundo. A outra ficou até bonita com este mapa-múndi feito de cicatrizes.

Ana me abraçou muito forte, passava a mão nos meus cabelos e as lágrimas caíam em meu colo. Dante e Karina, meus melhores amigos, aproximaram-se vacilantes. Ela me abraçou, ele colocou a mão no meu ombro e disse:

— Tenho duas notícias, uma péssima e outra ótima. A péssima: você acabou de ser excluído do time de futebol para os jogos universitários. A ótima: depois de anos, a faculdade de medicina voltará a ter um representante no torneio de xadrez.

Na inocente piada de um amigo, fui bombardeado pela forma como as coisas seguiriam. Eu passaria a ser estatística e alvo da inadaptabilidade do mundo sobre as pessoas anormais. *Anormais*. Ao pensar aquilo, imediatamente um bolo se fez na minha garganta. Eu já não era mais normal aos olhos dos outros e passaria a ter de lutar para mostrar que, sim, eu era tão normal quanto qualquer pessoa. Agir como eu mesmo nunca tinha agido. Agora, eu passava a fazer parte do time dos que recebem olhares tortos de curiosidade ou repulsa. A maior certeza de todas: as palavras de incentivo terminariam naquele saguão de aeroporto. Ao fim da cena, cada um iria embora para sua casa, retomaria a rotina e cuidaria de seus próprios problemas. No máximo, sentiriam algum tipo de comiseração quando se lembrassem de mim. *Coitado, como é que pode, né? Uma perna retalhada e outra pela metade. Um menino tão bom, tão saudável, tão cheio de vida. Veja só, um aleijadinho. Mas... fazer o quê? É complicado...*

Mas a vida é mágica, revela o coelho no fundo da cartola vazia e surpreende a plateia incrédula. Segurando uma das madeiras da faixa "Força, Campeão" estava uma garota da faculdade em quem eu nunca havia prestado atenção e com quem tinha trocado no máximo um ou dois acenos de mão. Ela havia sido transferida no meio daquele ano e, confesso, eu não fizera a mínima questão de criar intimidade. Cabelos curtos, olhos azuis, enormes óculos pretos, um vestido tão branco quanto sem graça. Pequena, frágil. Em meio à multidão de transeuntes, seu olhar atravessava a multidão no aeroporto e me fuzilava com um sorriso que não era alegre, tampouco triste: era belo. Como se fosse a única, dentre tanta gente ali, capaz de entender as coisas pelas quais eu passava. Acenei, apertei os lábios e balancei a cabeça em agradecimento. Como se tivesse aguardado minha sinalização, ela entregou a madeira para quem estava mais próximo e, num impulso, aproximou-se de mim. Senti muita vergonha ao seu lado. Vergonha por jamais ter-lhe perguntado qualquer coisa. A única da faculdade, além de Dante e Karina, a aparecer ali. A menina mais quieta e estranha da turma, plantada na minha frente.

— Poxa, obrigado por ter vindo. Não precisava.

— Precisava, sim — ela me interrompeu. — Não consigo imaginar como deve ser sentir que...

A garota então foi sufocada por quatro amigos surfistas, que me cercaram. *E aí, irmão, qual o tamanho do tubarão? Qual a espécie? No Rocky Point? Tremenda bad trip, bro! Foi antes da arrebentação? Loucura!* Ela deu alguns passos atrás. Tentei falar alguma coisa, ela deu um sorriso triste, balbuciou algo como "boa sorte" e foi embora. E eu levaria ainda dois meses para poder voltar à faculdade e retribuir aquela visita.

Meses que durariam a eternidade. Sem boa sorte, sem sorte, sem nada.

9

Passei acordado todas as noites da primeira semana. Quando as luzes da casa se apagavam, eu fechava a porta e chorava com o travesseiro no rosto, a fim de impedir que o som atravessasse as paredes do meu quarto. Choro de dor, na alma e nas pernas que, agora, pareciam dois corpos estranhos presos à minha cintura. Um dia depois do outro. Um dia pior do que o outro. *Dias melhores, dias melhores, melhores, melhores, por favor,* repetia minha mente num ciclo infinito. O conceito de vazio ganhou nova acepção. O vazio é cheio de nada, uma receita perigosa e com potencial para envenenar e matar em dois tempos: duas xícaras de falta de vontade, três colheres de ausência de força, uma pitada de autodesprezo, duas porções de medo, meia de amargura reduzida à apatia e outra de decepção ao molho de esgotamento; tudo cozido em fogo brando queimando o peito e, por fim, descansado por horas de dias intermináveis. Segundos duram minutos, minutos levam horas, horas parecem a eternidade até a massa crescer e você poder se empanturrar e morrer engasgado. Voltei a ser tratado como criança. Colocar roupa, tirar roupa, caminhar de muletas, tomar banho, mijar, deitar, levantar, dormir, reaprender tudo do zero. Meu pai fechou o escritório até o Natal; minha mãe cancelou todos os compromissos e dedicava os dias a me agradar, com bolos, sucos, livros e sugestões de filmes; minha irmã passava horas sentada ao meu lado contando histórias, fazendo planos, tentando pateticamente fingir que nada havia mudado. Ganhei calças novas, com uma das pernas costurada em menos da metade. A rotina passou a incluir idas ao ortopedista, fisioterapeuta e psicólogo. Aprender técnicas, exercícios, lições de como enfrentar os novos desafios, além de sugestões para colocação de prótese quando me sentisse pronto. Tive sorte de minha família ter condições de contratar bons especialistas. O trabalho bem-feito no hospital havaiano, além da ajuda de profissionais qualificados, deveria tornar a coisa menos árdua. Ledo engano, porque conceitos de "mais árduo ou menos árduo" deixam de fazer sentido quando você passa a ter uma perna retalhada e outra feita só de um pedaço do que era.

Ana apareceu todos os dias.

Depois, dia sim, dia não.

Depois, dia sim, dois não.

Eu mandava meus pedidos de atenção e socorro pelo WhatsApp e a obsessão prontamente começava, à espera do indicativo de que ela havia lido. A maioria das mensagens ela não respondia na hora.

Como previsto, a vida de todo mundo voltou ao normal, menos a minha. Tranquei-me no quarto, desliguei o celular. O tamanho da barba, os muitos quilos a menos e a ausência de vontade de colocar o nariz fora de casa eram medidas claras da profundidade do buraco onde eu caíra. Eu não conseguia me mexer, como se a meu tornozelo se prendesse um grilhão com uma bola de ferro de uma tonelada. *Vá lá, erga a cabeça, você é forte,* piada infame repetida por todos os que diziam gostar de mim. Tapinhas nas costas gramaticais, ninguém pensa direito sobre o significado de tais palavras e apenas as regurgitam. Porque, no fundo, elas não significam nada.

Guga e Pequeno apareceram dia sim, dia não.

Depois, sumiram.

Achei melhor assim, porque fingir interesse ao escutar histórias sobre ondas, séries, tubos, sol, areia e mar chegava a ser deprimente.

Inúmeras vezes liguei para meu avô, meu porto seguro, para escutar palavras de incentivo, conforto e esperança, de alguém que acompanhara tanta coisa boa da minha vida, principalmente o surfe. Ele não chorou comigo, mas sei que foi só da boca para fora. Por dentro, meu estado o destruía. Ele morava no Rio de Janeiro e escolheu não me visitar, não queria me ver sem vontade de viver. Mas prometeu aparecer no momento certo. Para comemorar, ou, em um último ato de desespero, para me salvar.

Em poucos dias, chegou o Natal e fizemos uma festa apenas da família. Eu, a mãe, o pai e a Flávia. Sentados à mesa da ceia, minha mãe pediu a palavra:

— Obrigada, senhor. Pedimos perdão por tudo o que fazemos de errado e agradecemos a vida do nosso filho. Aos três anjos peço proteção e força para que ele siga em frente, ajudem-no a superar todas as dificuldades e deem a ele a serenidade para aceitar as coisas que não puder modificar, coragem para modificar as que...

Enquanto ela rezava de olhos fechados, eu me perguntava que raio de Deus era aquele em quem ela acreditava. Minha vida havia sido programada para me apaixonar pelo surfe, sonhar ir até o Havaí e ser o sorteado a entrar na água naquele dia, naquela hora, naquela praia, no raio de ação daquele monstro? Ou o livre-arbítrio era um joguete de Deus para se divertir com as merdas de nossas escolhas? O tanto que minha mãe sempre rezou na vida, todas as velas acesas para os tais três anjos de quem era devota, Ele não levaria em conta? Fingiria que não era com Ele? Piada! Ela merecia ver o filho assim? Quem Deus achava que era para fazer aquilo com minha mãe? Queria me sacanear, tudo bem, eu nunca acreditei mesmo. Mas ela? Não me viessem com história de lição de vida, porque eu não queria ter de aprender nada daquele jeito. Não havia a menor possibilidade de um, dois ou três anjos me ajudarem a resolver ou entender coisa alguma. Apenas escutei a ladainha e, como sempre, fui o único dos quatro a não dizer "Amém".

Depois da meia-noite, Ana apareceu para comemorarmos o resquício do Natal. Nossa, como eu gostava daquela menina! Apagamos as luzes, deitamo-nos sob as cobertas e deixamos a luz da lua invadir o quarto. Abracei-a por trás. Eu queria, desejava, precisava fazer amor com ela. Não sei se para provar que a confiança remanescia, ou provar que eu ainda era bom de cama, capaz de me excitar e excitar uma mulher. A minha mulher. O corpo de Ana havia sido talhado por anos de *bodyboarding*. Impossível o tesão que sempre tive por ela ser bloqueado por insegurança.

Mas foi o que aconteceu. E a ela só restou me abraçar e dizer, baixinho:

— Tudo bem, Bruno. Acontece. Vamos dar tempo ao tempo.

10

Recebi convite do pessoal do surfe para comemorar o Réveillon numa festa em um café à beira da praia de Jurerê Internacional. Minha vontade era nula, comemorar o quê? Por insistência de meu pai, acabei cedendo. No dia 31, minha mãe me acordou com um presente. A blusa azul de botão e manga curta, mais um bermudão creme com um bolso lateral, talvez fossem a resposta à questão formulada pelo instinto materno sobre a melhor forma de me passar segurança. A mamãe cuidando do filhinho em sua primeira aparição desde o acidente.

Decoração cafona com motivos náuticos, música eletrônica, comida à vontade. Gente demais, barulho demais, sorrisos e abraços em excesso, bebedeira sem fim. O bangalô na quina direita dava boa visão do local e era um sentimento contraditório ver tanta gente feliz. A turma do surfe já entrou bebendo e dançando, cada um foi atrás de alguém para beijar. Poucos conversaram comigo, ninguém desperdiçaria uma noite tão importante ao lado de um aleijado com uma permanente nuvem negra sobre a cabeça. Solidão no meio da multidão. Ana ficou ao meu lado e olhávamos em silêncio o andar da festa. Bebi muito além do normal.

À meia-noite os fogos estouraram. À exceção de nós dois e dos garçons, todo mundo foi colocar o pé na areia e jogar flores em nome de suas preferências religiosas. Abracei Ana muito forte, como senha para demonstrar o quanto estava agradecido por tê-la ao meu lado. Em resposta, um abraço frouxo, semblante triste, sorriso falso. Afastei-me, soltei sua mão, encarei-a. *Não diga o que você está querendo dizer, Ana. Por favor, não diga. Tire estes pensamentos da sua cabeça, eu vou melhorar, eu sou melhor do que isso, você sabe, me conhece. Não diga, por favor.* Ela, porém, não entendeu o que pediam meus olhos. Disparou em meu peito, à queima-roupa:

— Bruno, não dou conta mais.

— Não dá conta de quê? — devolvi muito rápido.

— Não sei, ando muito confusa.

— Quem tá confuso aqui sou eu.

— Eu não tô preparada.

Fitei-a por alguns segundos. — Preparada pra ser namorada de um aleijado?

— Não fala assim. É que...

— Inacreditável! — gritei. — Jamais imaginaria ouvir isso de você.

— Eu venho tentando, juro, mas não consigo.

— Mudei alguma coisa, por acaso?

— Não é o que desejo pra minha vida e...

— E você já pensou, por um segundo pelo menos, o que é que EU quero pra minha vida com as porras de uma perna retalhada e outra pela metade?

— Não quero ter de cuidar de ninguém. Por favor, Bruno, me entenda.

— Cuidar de mim? Eu sei me cuidar sozinho, caso você ainda não tenha percebido. Faça o seguinte: suma da minha vida de uma vez por todas, falou? Se não faço ideia de onde vou chegar, e não faço mesmo, uma certeza eu tenho: nunca vai ser do lado de quem sente pena e nojo de mim.

— Mas...

Peguei as muletas, uma garrafa de espumante e saí cambaleando em direção à praia, sem olhar para trás.

— Bruno. — Ela tentou me segurar, puxei o braço com violência.

— Foda-se!

Um *foda-se* à falta de humanidade, às angústias sobre o futuro, à certeza da injustiça e à dor interminável numa perna que praticamente não existia mais. A deficiência apresentava suas armas e mostrava que, de fato, nada seria como antes. Minha história com Ana, outrora com potencial de durar talvez para sempre, escorria entre meus dedos como um punhado de areia fina da praia. Desci as escadas laterais de madeira, muita gente vinha no sentido contrário. *Não acredito, não acredito. Porra, não acredito.* Desequilibrei-me quando a primeira muleta bateu em falso na areia. Caí de frente, a bebida soltou da mão e começou a escorrer. A maioria das pessoas desviou, algumas tentaram me ajudar a levantar.

— Eu tô bem — eu gritava.

Resgatei a garrafa, atirei as muletas ao pé de uma árvore e, como um mendigo bêbado e coitado, arrastei-me até a praia. Sentei-me isolado, exausto, escorei as costas no pequeno barranco de mato junto à areia e passei a olhar a multidão que corria, jogava água para cima, pulava, se abraçava e gargalhava. Era o que o Réveillon anunciava: a esperança de dias melhores, como se a mera alteração do último dígito do calendário tivesse o condão de, feito um tsunami, carregar tudo de ruim e anunciar a boa nova.

Para todos ali, menos para mim.

Com o rosto cheio de areia e pequenas pedras, olhei para a noite estrelada. Deitei-me, matei a meia-garrafa, fechei os olhos e finalmente o sono me venceu.

11

Ao acordar, não enxerguei céu ou estrelas, não ouvi barulho de mar nem senti vento no rosto. Apenas silêncio, um reconfortante macio nas costas e o gosto rançoso de areia na boca. Ao pé da cama, minha mãe massageava meu pé.

— Como cheguei em casa?

— O Guga te achou caído na areia. Você tinha bebido e não acordava.

— Ligo pra ele depois.

— Não acharam suas muletas.

— Posso ficar deitado nesta cama pra sempre, mas não uso nunca mais.

Ela balançou a cabeça e apertou os lábios. — Filho, chegou a hora de a gente conversar.

Arrastei o corpo até encostar-me à parede. Ela ajeitou o travesseiro atrás de mim.

— Sabe, é muito dolorido ver você assim. Não me refiro ao fato de... Para mim, você não mudou nada. Não precisa esconder de mim, eu sei que você chora. Passei muitas noites sentada no chão do corredor, em frente à porta fechada do seu quarto, escutando seu choro. — Ela respirou fundo, segurou minha mão. — Você pode contar comigo, com seu pai e com a Flávia. A vida não tem pressa de nada, tudo vai se ajeitar, meu amor. Tranque a faculdade, dê um tempo e a gente segura as pontas.

Apertei a nuca contra a parede e mirei fundo os olhos dela. — Olha, mãe...

— A gente segura as pontas. O Guga também me contou da Ana. De repente, foi até bom, porque agora você pode recomeçar de outro jeito.

— Não esperava aquilo, muito menos numa festa de Réveillon. Eu não mudei, caramba, mesmo tendo virado alei...

— Promete uma coisa? — ela me interrompeu novamente. — Nunca mais você vai falar esta palavra "aleijado", tudo bem?

Desviei o olhar, tentando conter o choro.

— Promete?

Suspirei, baixei os ombros e concordei com a cabeça.

— Posso cortar seus cabelos e fazer sua barba?

— Não precisa, fiquei aleija... Destruí minhas pernas, não os braços.

— Me deixa fazer.

Ela buscou no banheiro uma tesoura, uma bacia com água quente, a lâmina de barbear e a espuma. Colocou no celular uma canção do Lionel Richie e, enquanto balbuciava a letra no inglês que só ela entendia, começou a desenhar o rosto do resto da minha vida.

— Agora que você voltou a ser lindo, vá tomar banho e desça pra tomar café.

Escorando-me nos móveis, cambaleei ao banheiro, tranquei a porta e me sentei sobre a tampa do vaso. Tirei a blusa e, quando peguei o celular no bolso da bermuda, veio junto um pequeno papel com três palavras escritas.

Força — Proteção — Cura.

Ah, mãe... Coloquei-o no compartimento lateral da carteira. Liguei o chuveiro, sentei-me no banquinho de plástico e deixei a água escorrer. Depois de tanto tempo, talvez uns cinco por cento menos triste.

12

Tentei reconquistar o que chamam de vida normal, durante o mês de janeiro. Recaídas em sequência, entretanto, tornavam isso praticamente impossível. Tranquei-me, sofri demais por Ana, passei alguns dias sem lamentar, comecei a me acostumar. Não saí de casa nem sequer uma vez. Numa das madrugadas, meu pai me encontrou caído no chão do quarto por misturar álcool e remédios para dormir. A barba voltou a crescer. Transformei-me no que jamais passara pela minha cabeça: a tragédia da família. Suspeito de que esse quadro tenha sido a razão para meu pai decidir comemorar seu aniversário numa festa exatamente no último fim de semana antes da minha volta às aulas. Um cenário armado para tentar me convencer de que existia vida além do meu quarto.

Música alta, falatório, bebidas, carnes e petiscos servidos pela equipe do churrasqueiro contratado, a festa avançava. Acredito que minha mãe tenha dado ordens expressas para ninguém tocar no "assunto proibido da família". Sentado na cadeira de rodas estacionada num canto entre dois vasos de plantas altas, eu só observava. A raiva aumentava a cada convidado que evitava olhar para minhas não-pernas, conversando amenidades como se nada tivesse acontecido, perguntando-me sobre a faculdade e elogiando o tempo, o pão de alho e a receita do vinagrete. Minha vontade era a de responder: *Vinagrete? Pega a porra do tomate e retalha, depois a bosta da cebola e destroça. Por fim, dilacera a merda do pimentão e...* Admito, eu estava amargo demais, meu olhar dava a entender claramente que tudo o que eu mais queria era sumir dali.

Mas nem todo mundo é capaz de respeitar convenções sobre não falar das deficiências das pessoas. Em especial, aquelas pessoas que não fazem ideia do significado da palavra *convenção*. No meio da festa chegaram a sobrinha de meu pai, o marido e a filhinha. A pequena, com uma bolsinha a tiracolo e uma boneca na mão, saiu correndo pelo quintal e os pais vieram me cumprimentar. Loirinha e de cabelos cacheados, ela colocava a mão em tudo, como se precisasse experimentar a textura dos objetos para compreendê-los. Imediatamente, trouxe-me a alegria que nem todo o esforço de meu pai conseguira. O jeito de dançar e pular em frente ao vidro da varanda, transformado em espelho pela luz diagonal do sol, era uma graça. De repente, ela parou de longe e passou a me olhar com a testa franzida. Fiz sinal para que se aproximasse. A menina hesitou e veio caminhando devagar, medindo cada passo. Chegou perto e a voz fina bateu nos meus ouvidos:

— Tio, por que sua perna é cheia de riscos?

— Minha perna? Ela...

— Nossa, cadê o resto dessa outra aqui?

Foi ali, bombardeado pela sinceridade inocente de uma criança, que percebi que precisaria me preparar para responder a perguntas inesperadas como aquela. Larguei uma voz soturna:

— Tá na boca de um tubarão. — Fiz os dentes do bicho com as mãos.

Ela arregalou os olhos. — Ele engoliu?

— De uma vez.

— Ele teve dor de barriga?

— Olha, deve ter tido uma enorme dor de barriga.

— Maior que a dor de barriga de uma baleia?

— Que de dez baleias juntas.

— Posso tocar na sua perninha?

— Claro. Dá aqui sua mão.

Ela entortou a boca e franziu a testa ao encostar. — E não dá pra comprar outra?

— Nunca tinha pensado nisso, sabia?

— Deve ter na loja.

— Uma loja de pernas!

— Eu tenho uma moeda, você quer? Eu ia comprar uma balinha na escola, mas minha mãe diz que balinha estraga o dente, então é melhor eu dar pra você comprar uma perna nova, porque ninguém pode ficar sem perna, né? — Ela abriu a bolsinha e me entregou uma moeda de cinquenta centavos.

— Gabi! — gritou a mãe. — Eu falei pra não ficar fazendo perguntas, filha! Vá brincar lá na grama, já. Desculpa, primo.

Guardei a moeda num compartimento separado da carteira. Olhei para Gabi correndo pelo quintal, saudável, feliz, duas pernas e um futuro promissor. Aquela foi a primeira vez, desde o acidente, que uma conversa me fez encarar a deficiência com humor e inverter o ângulo pelo qual eu enxergava o problema. Um desconforto me atingiu o peito como um míssil. Nada a ver com pernas, mas com escolhas. Escolheria mesmo uma especialidade para trabalhar pouco e ganhar muito em consultas rápidas que não me comprometessem? Para pensar apenas em mim, em me dar bem e no que eu conseguiria tirar de proveito em cima dos outros? Consulta feita, consulta paga? Não, meu destino na medicina poderia ter acabado de tomar outro rumo...

13

Na manhã seguinte, acordei sentindo-me forte como nunca desde o acidente. Forte a ponto de conseguir bancar uma decisão, cuja revelação não passaria daquele dia. Enlouquecer não fazia mais parte dos meus planos, eu precisava assumir a responsabilidade por meus atos e escolhas. Ter duas pernas era passado. O surfe era passado. Ana era passado. Ela havia tentado se explicar num e-mail longo, cheio de lamentos, mas eu não conseguia mais admirá-la. Cada um dos *desculpe-me, eu não queria que fosse assim*, ou *foi bom enquanto durou* e *não é o que você está pensando*, e cada uma das vezes em que a palavra *amor* surgiu, em todas as combinações-clichê como *amor da vida, amor inesquecível* ou *amor eterno*, tudo tinha em mim efeito contrário. Amor não se compra, atenção não se implora, paixão não se pede, pena se ignora. Eu aprendia, da pior forma possível, que amor e espontaneidade são conceitos indissociáveis, sentindo na pele o que eu mesmo já tinha feito muitas vezes com outras meninas. Justamente por isso é que doía mais. Por isso, não a culpava. Para muito além de culpa, o sentimento era de desprezo. Eu era o mesmo, nada de minha essência havia mudado e não precisava da piedade de ninguém. O presente e o futuro agora pertenciam a uma vida de adaptações e dependiam de um novo olhar sobre o mundo.

Apoiado na cômoda havia um novo par de muletas e um bilhete com a letra de meu pai: *Não precisa usar, se não quiser*. Ele sabia que eu usaria, delas dependia a existência de meu primeiro dia no último ano de faculdade. Desci as escadas para tomar café. Meu pai lia o jornal.

— Bom dia, filho. Eu te levo. Podemos ir no seu carro?

— Vou de ônibus, pai.

Ele dobrou o jornal e me olhou por cima dos óculos. — Não quer que eu leve, peça um carro no aplicativo. Você não precisa provar nada pra ninguém, se é isso o que está tentando fazer.

— Preciso provar, sim, um monte de coisas pra mim mesmo, e é exatamente o que vou fazer.

Desde o Havaí, eu nunca havia saído de casa sozinho, sem ninguém ao lado para tentar me ajudar ou inventar conversa para me distrair. Na rua, senti o toque do vento no rosto e no braço, o calor do sol penetrando a pele. O barulho de cada carro, buzina, pássaro, cada palavra em meus ouvidos. Meu mundo parecia ter desacelerado. Acostumado sempre a correr, perdia todos os detalhes. Ali, a vida começava a ser outra. Nunca mais correndo, para sempre andando.

Duas ruas depois, cheguei ao ponto. Os poucos cidadãos que não estavam com a cabeça baixa no celular me lançaram olhares de estranhamento, antes de desviarem o rosto. Em algum tempo, o ônibus encostou longe do meio-fio e várias pessoas se amontoaram para entrar. Aguardei longe, estufei o peito e fui quando a última mulher entrou. Subir no carro foi uma manobra que eu não tinha estudado previamente. Escorei-me de qualquer jeito, coloquei as muletas no chão da escada e subi engatinhando, enquanto o motorista pisava no acelerador, ainda em ponto-morto, para sinalizar que não tinha tempo de sobra e nenhum maldito aleijado seria empecilho para que ele chegasse ao ponto final no horário regulamentar.

— Tudo bem aí, colega? — perguntou o cobrador.

— Me ajuda?

Ele passou as muletas para o outro lado da roleta, enquanto eu me apoiava numa senhora sentada e tentava pegar o dinheiro no bolso. O showzinho patético foi presenciado por olhos arregalados em todos os assentos ocupados. Só faltou a pipoca. Quando passei a roleta, ninguém se dignou a se levantar para me ceder o lugar, inclusive uma jovem que ocupava um dos lugares para pessoas com deficiência. Mas eu não queria patrocinar uma confusão logo cedo e segui me escorando até o fundo do carro.

Cheguei cedo na faculdade, o primeiro a entrar na sala. Axilas fervendo pela pressão das muletas, cansaço e dor nos braços e perna. Eu não queria parecer um coitado, por isso me sentei bem no meio. Muletas no chão, costas eretas, mão no queixo. Abri um livro e fingi ler o borrão que chegava aos meus olhos. Tentativa clara de ter a aparência mais normal possível.

E a turma foi chegando, cada um com sua história ou pergunta.

Bruno do céu, como foi isso?

Minha mãe mandou rezar uma missa pra você, sabia?

Menino, eu chorei um monte, nossa! Graças a Deus você sobreviveu.

Um tubarão? Cacete!

Atingiu os nervos das coxas? E os músculos? Doeu na hora? Qual a sensação?

O método de sutura aplicado tem o mesmo protocolo do Brasil?

A vontade era de mandar todo mundo calar a boca e me deixar em paz. Eu mal concluía um raciocínio e lá vinha outra pergunta. Então, quando a professora entrou, pedi permissão a ela e fui à parede lateral, onde havia um grande quadro com a figura retirada de um atlas do corpo humano.

— Bom dia a todos, meu nome é Bruno e hoje sou o professor de ortopedia. — O pessoal aplaudiu, riu e assobiou. — Peço um minuto da atenção de vocês. — Respirei fundo. A turma silenciou e eu passei a vomitar as palavras: — Até o fim do ano passado eu tinha duas pernas completas. Hoje, todos aqui já sabem, uma perna se tornou um emaranhado de carne costurada e um pedaço da outra deve estar dentro de um tubarão lá no Havaí. Pra quem tiver curiosidade, foi um tubarão-tigre. Tem foto na internet. — Muitos sorriam, outros pesquisavam a foto no celular, alguns já demonstravam desconforto. — O tranco que o bicho deu foi tão violento que me jogou dentro d'água. Em poucos segundos, passei do melhor momento da minha vida a uma luta desesperada para impedir que essa vida me escapasse. Luta desigual contra a sensação demolidora de afogamento. — O silêncio da turma começou a se tornar constrangedor. — O dente do tubarão-tigre tem formato de abridor de lata, e vocês devem imaginar o estrago de milhares de abridores de lata atuando juntos. — Apontei para a figura, na região da coxa direita. — Mais ou menos por aqui, tive ruptura das fibras de parte dos isquiotibiais. Parabéns aos médicos havaianos, que deixaram minha perna retalhada como uma mortadela amarrada, mas funcional. — Apontei, na figura, para a região entre o meio da coxa esquerda e o pé. — Minha tíbia e fíbula foram parcialmente arrancadas da patela, deixando quase tudo exposto. Como todo mundo já viu, perdi, inclusive, o joelho. A artéria e a veia femoral foram rompidas. O fibular longo e o curto, o sóleo, o gastrocnêmio e todos os outros músculos ficaram pendurados como feixes de macarrão imersos em água fervente com sal. Se tudo isso doeu? No início, a dor foi bloqueada pela adrenalina. Quando os níveis de adrenalina começaram a baixar, a dor veio excruciante, rasgando meu corpo de fora a fora. Nem se quisesse, eu conseguiria explicar o tamanho dela. Qual a sensação? A de que, com o perdão do termo e já pedindo desculpas à professora, você está fodido pra sempre. — Naquele instante, a porta da sala abriu, a menina do aeroporto entrou e meu coração amansou. Acompanhei-a com o olhar até ela chegar ao fundo da sala. — Mas querem saber de uma coisa? Tudo isso é nada quando você percebe que sua vida vai ser outra a partir dali. Que deitado na mesa de cirurgia você, como paciente, se iguala a cada um dos que tenta salvar todos os dias, na esperança de que um desconhecido seja suficientemente habilidoso para livrá-lo da enrascada em que você se meteu. Nada mais importa, quando você nota que vai morrer se aquela pessoa de branco não for muito foda pra te salvar, e, na melhor das hipóteses e com uma boa dose de sorte, você vai virar uma pessoa com deficiência. Que seus sonhos antigos darão lugar a novos. Que muitas coisas anteriormente úteis deixarão de ser, e outras nas quais você jamais prestou atenção passarão a ser vitais pra seu dia não durar uma eternidade. Que, por fim, nós todos aqui, como futuros médicos, temos uma responsabilidade infinitamente maior do que supomos. E desejo, do fundo da minha alma, que ninguém desta sala jamais precise aprender tudo isso como eu aprendi, porque, pelo menos por enquanto, meus dias duram, sim, uma eternidade. Obrigado por cada reza e missa encomendada para minha recuperação. O método de sutura? Não faço a menor ideia.

O silêncio era tão absurdo, que se ouvia, ao longe, a conversa das pessoas na cantina. Caminhei até minha cadeira. Cada passo e cada toque das muletas no chão ecoaram pelo ambiente. Alguns deram tapas nas minhas costas. Karina lançou um sorriso triste em minha direção e segurou minha mão. A professora me agradeceu, disse meia dúzia de palavras sobre o assunto e iniciou a matéria.

Ao fim da aula, sala vazia, enquanto eu terminava de colocar o material na mochila, a menina da faixa no aeroporto se sentou ao meu lado.

— Não peguei a explicação toda, mas parabéns pela coragem.

— Quero que me deixem em paz sobre este assunto.

— Você já pensou que isso será impossível? Queira você, ou não, essa é sua realidade agora. Não dá pra culpar o pessoal, ficaram todos preocupados e, pelo que andei escutando, você se isolou e não quis falar com ninguém.

— Sabe como eu me sinto, de verdade? Como um quebra-cabeças de 10.000 peças espalhadas e sem a menor noção da figura que elas devem formar.

— Sua tarefa, então, é descobrir a imagem conforme vai se remontando.

Dei de ombros. — Ah, nem sei por onde começar.

— Sabe como é que se monta um quebra-cabeças? Primeiro você separa as peças dos cantos e faz a moldura, ela vai delimitar até onde você pode ir. Depois, você separa por cor. De repente, cada cor pode ser um aspecto da sua personalidade. E conforme você for montando as partes por cores e encaixando uma na outra, a imagem irá surgir. O que ela mostrar vai ser em quem você se transformou.

— O problema é que tenho medo de qual vai ser essa imagem, sinceramente. Você não faz ideia de como tudo dói, física e psicologicamente.

— Não faço, mas imagino. Pesquisei dois meses sobre tudo isso aí.

— Sobre membros amputados? — perguntei, surpreso.

— Aham.

— Foi... por minha causa?

Ela baixou os olhos, as bochechas pareciam pegar fogo. Pedi licença, peguei seu queixo, levantei seu rosto e nossos olhos se encontrarem.

— Muito prazer, meu nome é Bruno. Tenho 23 anos, estou no último ano de medicina aqui na Federal. Frequento estas salas e corredores há anos e acabo de me achar o homem mais vazio do lugar.

— Micaela.

— Micaela, queria pedir desculpas por... você sabe, a gente nunca se falou por aqui.

— Bruno, o médico surfista alto e de ombros largos, quem todas queriam ter. — Ela ajeitou os enormes óculos pretos e baixou outra vez os olhos. — Entendo não termos conversado antes. Pode acreditar, eu compreendo perfeitamente. A invisibilidade é uma arte que aprendi a cultivar e a aceitar como parte do jogo.

— Não conversamos antes por pura falta de oportunidade. — Eu sabia que era mentira, ela jamais me despertara qualquer tipo de atenção. E me odiei por mentir. — Só acho triste ter precisado perder a perna pra saber um pouco mais sobre alguém com tanto a dizer e que passou todo este tempo aqui perto de mim. Mal tive consideração de perguntar seu nome ou qualquer outra coisa.

— A vida é assim. No Universo, há uma série de sub-universos paralelos que, justamente por serem paralelos, nunca vão se encontrar.

— Se estamos aqui conversando, isso significa que os nossos não são paralelos.

— Talvez.

— Obrigado, de verdade, por você ter ido ao aeroporto.

— Ah, eu estava passando por lá. Quando olhei, a faixa caiu na minha mão. Veja só a coincidência. — Ela piscou um olho para mim.

— Santa coincidência!

Micaela ficou um tempinho constrangedor sem dizer nada, até soltar:

— A dor do membro fantasma. — Espalmou as duas mãos em minha direção, como se quisesse me dar um susto.

— Hein?

— O nome desta dor na perna que você não tem mais.

— Isso também fez parte da sua pesquisa?

— Só um pouquinho. — Ela sorriu.

— Se fosse possível descrever a dor, diria que ela vem como se os dedos do meu não-pé fossem esmagados o tempo todo por uma prensa formada por milhares de dentes afiados.

— Isso acontece porque seu cérebro ainda não entendeu a falta da perna. Mensagens de dor são enviadas pelas terminações nervosas. Só analgésicos mesmo para aliviar.

— Queria saber alguma mágica pra acabar com a dor.

— Ouvi dizer que se você colocar um espelho entre as pernas e massagear a perna boa, criará a ilusão de ter as duas pernas e o cérebro pode receber mensagens pra diminuir a dor.

— Considerando que minha perna boa não é mais lá essas coisas, não sei se funcionaria. Mas se algum dia você quiser experimentar em mim, fique à vontade.

Ela ficou dez vezes mais vermelha e admito que adorei.

— Desculpa, Micaela, não estava me oferecendo.

— Vou ser anestesista e não massagista, mas quem sabe algum dia eu ajude você. — Piscou um olho e me puxou. — Venha cá, quero te mostrar uma coisa.

Ela me levou à sala ao lado, a porta estava fechada. Quando abriu, toda a turma e alguns professores e funcionários gritaram, assobiaram, vieram me abraçar. Havia faixas, balões, mensagens de apoio escritas no quadro negro, bolo, refrigerantes e salgadinhos. Senti-me o lixo do lixo, o substrato da bosta, do pó da sobra do lixo mais inútil. Minha atitude em relação a todos tinha sido egoísta, lamentável e idiota.

Dante bateu nas minhas costas e sussurrou:

— A ideia foi da nerd ali. — Apontou o queixo para Micaela, que se servia de um copo de suco de caju. — Não é por nada não, mas a turma deu muita risada do esforço dela pra te agradar. Como se ela tivesse alguma chance... — Deu um tapinha no meu ombro e foi pegar uma coxinha, rindo.

Não consegui rir do comentário, porque, por mais estranho que parecesse, algo me dizia que o buraco deixado por Ana no meio do meu peito podia ser finalmente preenchido de novo. Daquela vez, por alguém totalmente inesperado.

14

No retorno para casa, ônibus vazio e assento para portadores de deficiência disponível, minha percepção da vida parecia ter dado uma guinada de cento e oitenta graus. Os sons indistintos das pessoas conversando, o cheiro da fumaça, o mundo passando pela janela. Eu observava as pessoas andando pelas ruas, o entra e sai das lojas, as placas de propaganda nas fachadas das lojas. Uma cidade que se apresentava completamente diferente e que pulsava muito além da bolha dentro da qual eu sempre vivera. O ônibus, então, parou num semáforo e, quando olhei para o lado, vi uma lanchonete que tinha, em sua fachada, um neon escrito "O melhor pão com linguiça do mundo". Estranhei, parecia que eu já havia visto aquela cena. Dei de ombros. O ônibus acelerou e eu segui olhando a cidade até finalmente cair a ficha e eu me lembrar da madrugada antes da viagem ao Havaí e do olhar mais penetrante que alguém jamais tinha me desferido.

Desci no ponto e, do início da minha rua, avistei minha mãe plantada na porta de casa com os braços cruzados. Ela balançava a perna de forma intermitente.

— Assim você me mata de preocupação, Bruno. Ainda nem almocei. Vou pedir pra Conceição esquentar e servir de novo.

— O ônibus demorou a chegar, a parada é longe daqui. Podia ter almoçado.

Entramos em casa.

— Não quero mais que você vá sozinho de ônibus.

— Ônibus? Eu decidi *morar* sozinho.

— Pode ser perigoso andar de ônibus de muletas e...

— Ei, eu vou MORAR sozinho, presta atenção nas coisas que eu falo, mãe! Já decidi e tô só comunicando.

Ela se virou de costas e claramente fingia rearrumar os talheres, já dispostos lado a lado sobre a mesa. — Ah, mas não vai mesmo, não vou deixar você sair daqui assim.

— Assim como? Aleijado?

Então ela se voltou em minha direção, colocou o dedo no meu nariz. — Já pedi pra você parar com isso, mas se quer tanto ouvir eu falo: ALEIJADO! — Começou a chorar.

Coloquei as mãos no rosto, respirei fundo. — A senhora vai ficar no meu pé pra sempre? — E sussurrei, com rosto para baixo: — Ficar no meu pé...

— Quem vai cuidar de você?

— Se a senhora quiser, posso contratar uma babá.

— Por que está falando assim? Amar você é pecado, por acaso?

— Só não aguento mais ver as vidas da senhora, do pai, da Flávia e da dona Conceição paradas por minha causa. Quem, aqui, tem de arcar com as consequências de sua própria irresponsabilidade? A merda da falta da perna é um problema que só eu vou resolver.

— Eu só quero o seu bem. Se você não estiver bem, como eu vou estar?

— Eu sei, mãe. Desculpa. — Olhei-a nos olhos e baixei o tom da voz. — Preciso tomar meu rumo, já passou e muito da hora de eu sair das costas de vocês.

— Reza comigo? Agora?

Inacreditável o tanto que eu odiava aquele subterfúgio. — Mãe, não é hora de...

Ela segurou minha mão, fechou os olhos e começou a ladainha:

— São Gabriel, glorioso anjo Fortaleza de Deus, eu vos chamo para dominar todos os males, até o fim da minha vida; São Miguel Arcanjo, glorioso Príncipe do Céu, protetor das almas, eu vos chamo para que me livres de todos os inimigos e de todo pecado; São Rafael, glorioso anjo da Saúde, eu vos chamo para que cure todas as minhas enfermidades, toda cegueira do meu corpo e da minha alma. Amém.

Não consegui dizer nada, parte por raiva, parte por não ter nada de bom mesmo para dizer.

— Vamos almoçar agora? — Ela começou a se servir. — Depois vá lá em cima ver como arrumei seu quarto.

Balancei a cabeça e me sentei para almoçar.

15

Duas semanas depois, minha mãe ainda me evitava. Na hora do café da manhã ela permanecia no quarto. Quando eu voltava da faculdade, ela nunca estava em casa para dividir almoço. Arranjava compromissos na rua para não precisar me confrontar, e eu a conhecia suficientemente bem para saber que não cederia. Nas poucas vezes em que nos víamos ela se esquivava antes de eu ter chance de perguntar alguma coisa. Desprezo de mãe dói infinitamente mais do que o de qualquer outra pessoa. Aquilo me destruía mais do que a falta da perna.

Certo dia, saí para a faculdade, mas dei um tempo na esquina e voltei logo depois. Minha mãe tomava café da manhã na cozinha.

— Vai me evitar pra sempre?

Ela se virou, encarou-me alguns instantes. — Só estou tentando deixar você sozinho, se é o que quer.

— Mãe — falei com ternura — eu preciso não ter o café da manhã pronto, não ter quem cuide das minhas roupas, ninguém pra me dizer o que fazer ou perguntar o tempo todo se está tudo bem. Confie que vai dar certo, prometo vir muito aqui.

Ela suspirou fundo. — Tudo bem, não vou mais fazer o que qualquer mãe faria por seu filho. Se não posso mais ser útil...

— Não é utilidade, mas amor. Se a senhora me ama, me deixa ir. Vamos fazer o seguinte: se não der certo, eu volto.

— Mas como você vai se sustentar?

— Vou vender a caminhonete, adiantar os aluguéis e o condomínio. E o dinheiro que tenho no banco é mais do que suficiente pra fazer um monte de coisas até me formar e começar a trabalhar.

— E quem vai levar você à fisioterapia, ao psicólogo e ao médico?

— Mãããeee... — Sorri.

Ela, então, me abraçou muito forte e chorou no meu ombro.

16

Não demorei a encontrar um canto. O eleito foi um quarto e sala na Trindade, próximo ao Hospital Universitário. Quando o último ajudante da mudança saiu, admito que senti medo de não dar conta da oportunidade criada por mim mesmo para me tornar um novo homem. Mas, no fundo, a frase *se não der certo, eu volto,* eu sempre soube que havia dito da boca para fora.

Abri uma das tantas caixas espalhadas pelo chão do apartamento. E, em meio a papéis e documentos que já deveriam ter sido descartados, encontrei um cartão de Ana em comemoração a um mês de namoro, anos atrás. A letra arredondada, palavras doces e cheias de paixão daquele tempo, jamais indicaria que algum dia ela me deixaria. A foto colada no verso era a minha preferida. Ana sobre uma velha bicicleta verde-claro, daquelas sem marchas e uma cestinha na frente. Dentro da cesta, Bolo, o falecido pinscher miniatura marrom com a língua de fora e o olhar vesgo. Senti falta, muita falta. O orgulho ferido, a carência e a solidão, todos costurados pela tentação de mostrar que eu ainda podia ser desejado por ela, compunham uma mistura perigosa e prestes a explodir. Pensei em telefonar, dizer que as coisas tinham melhorado, que eu continuava o bom e velho Bruno de sempre. Cogitei pedir uma chance, uma tarde, um reencontro, um suco, um olhar.

Joguei o celular no sofá, longe do alcance.

Outra caixa trazia livros, CDs, LPs, fitas cassete e um único recorte de jornal, do Hawaii Tribune-Herald, com a reportagem e minha entrevista sobre o acidente. Mergulhei outra vez na matéria de página inteira. Duas fotos: uma minha, deitado na cama do hospital; a outra, do salva-vidas que me trouxera à tona. Eu nunca teria oportunidade de agradecê-lo, e aquilo me fez pensar em como as pessoas entram e saem de nossas vidas com a única missão de corrigir a rota para não colidirmos cedo demais com o inevitável.

A terceira caixa trazia revistas antigas sobre surfe e skate. Numa delas, a notícia de minha vitória num campeonato amador local. Lá estava eu na praia da Joaquina, no alto do pódio, a velha roupa preta de Neoprene, uma coroa de louros na cabeça e um minúsculo troféu nas mãos. Duas pernas fortes, corpo magro, cabelos loiros de parafina. Ao lado, meu avô e treinador. Bateu saudade do mar, do movimento, dos amigos, de quando a vida não era nada além de correr pela areia e mergulhar na água gelada. Saudade de correr. Nossa, como senti saudade aquele dia! Fechei os olhos e torci para que, pelo menos nos meus sonhos, eu corresse para muitos outros cantos do mundo.

E dormi como nunca após o acidente, no meu espaço, do jeito que eu havia planejado: sozinho.

17

A semana seguinte foi de arrumação, desempacotamento, organização da bagunça. Pega muleta, vai ali, senta, larga muleta, separa, dobra, guarda, descarta, pega muleta, ajusta, desajusta, coloca, levanta, senta de novo. Desfazer-me do passado parecia a garantia de nascer, ali, uma pessoa nova, outra cabeça, outros objetivos e sonhos.

Com tudo pronto, faltava o evento de inauguração.

Na sexta-feira, durante uma exposição do professor de anatomia, digitei uma mensagem para Dante, sentado duas fileiras à frente.

Ei, tô pensando em fazer uma festinha de inauguração lá em casa amanhã. Topa? Vou chamar pouca gente.

Quem?

Você, a Karina e a Micaela.

Ele se virou para mim, deu uma risadinha contida, subiu a sobrancelha e apontou sem qualquer discrição para Micaela. Fez o movimento com a boca, sem som: *A nerd?*

Pelo visto só vai ter suco de caju nesta festa, ele digitou.

De repente ela até toma cerveja.

Tá a fim da nerd esquisita?

Claro que não! Tá maluco? Só quero retribuir pela festa que ela organizou aqui na sala.

Ele só ficou rindo e balançando a cabeça.

Quando o professor encerrou a aula, tomei coragem e me aproximei por trás de Micaela, enquanto saíamos da sala. — Aula boa, né?

— Vou precisar da eternidade pra assimilar tanta informação.

— O que vai fazer amanhã à noite?

— Eu?

— É, você.

— Tava programando assistir a um filme em casa com minha mãe e...

— Quer ir a uma festa?

A vermelhidão em seu rosto parecia a de quem nunca havia sido convidada para uma.

— Festa? Não sei. Talvez. Pode ser. Claro.

— É a inauguração do meu novo canto, ou da minha nova vida, não defini ainda. Pouca gente. Mas não fure com sua mãe, se isso for problema.

— Dou um jeito.

— Posso mandar o endereço por mensagem?

— Anota meu celular.

Passei o endereço. — A partir das 21 horas, tudo bem?

Ela sorriu e abraçou os cadernos junto ao peito.

18

Dona Conceição tinha sido liberada para aparecer um dia por semana no meu apartamento e dar uma geral na limpeza, na geladeira e nas roupas, acho que muito mais para atuar como espiã e levar informações sobre minhas condições, do que propriamente para me ajudar. Ela preparou o estrogonofe e arrumou a mesa de quatro lugares com os talheres, pratos e copos dispostos de forma simétrica. Ao centro, um candelabro com uma vela.

— Vela, Ceiça?

— Não é um jantar romântico?

De repente, até poderia ser.

Dante havia dito que chegaria mais cedo para já fazermos o esquenta. Eu tinha comprado vinho, cervejas e, por precaução, uma garrafa de suco de caju. Quando a campainha soou, eu mal tinha me arrumado, ainda ocupado em desvendar a melhor disposição de dois pedaços de queijo sobre a tábua e encher os potinhos com ovinhos de amendoim.

— Já vou, Dante — gritei.

Abri a porta. Vestido simples, sapato baixo, os inseparáveis óculos fundo-de-garrafa e um pacote nas mãos.

— Pela cara de surpresa, cheguei muito cedo. — Micaela deu um sorriso tenso, com os dentes travados.

Devolvi um sorriso bem mais sem graça, enquanto tentava ajeitar a blusa e o cabelo, equilibrando-me com as muletas.

— Desculpa ter vindo tão cedo.

— O bom é que você vai ficar mais.

— Prometi à minha mãe que não demoraria.

— Então melhor a gente não perder tempo aqui na porta. — Ofereci a mão a ela.

— Parabéns pelo novo apartamento.

— É o mais próximo do que hoje posso chamar de "lar, doce lar".

— Ter seu próprio canto deve ser muito bom. Um dia, quem sabe eu consiga ter o meu também.

— Você vai ser uma grande anestesista e poderá escolher onde trabalhar e morar. É o destino de quem só tira dez.

— Nem tudo é tão fácil como parece.

— Acredite, há coisas muito mais difíceis que a vida inventa pra gente enfrentar. — Apontei para o espaço vazio abaixo do joelho.

— Não duvido, mas quando se é forte, assim como você, tudo fica mais fácil.

— E o que poderia ser difícil pra você?

Ela me olhou um instante. — Sempre tem alguma coisa, pode acreditar.

— Bom, seja bem-vinda ao meu novo mundo. — Indiquei a pequena sala.

— Obrigada por ter me convidado, de verdade.

— Chamei apenas pessoas que foram ao aeroporto, quando voltei do Havaí. Como você bem disse, a faixa caiu na sua mão e cá está você. Isto aqui é o mínimo que eu poderia fazer em retribuição.

Ficamos em silêncio um pouco. Ela parecia desconfortável por estar sozinha comigo e admito que eu não conseguia fingir naturalidade. Peguei o celular e balancei em direção a ela. — Vamos ver se os outros convidados estão chegando.

Na cozinha, liguei para Dante e Karina. Nenhum dos dois atendeu. Sussurrei um recado:

— Onde você tá, maluco? Esqueceu da festa? Agiliza, *brother*, o negócio aqui tá bem constrangedor.

Voltei à sala e Micaela folheava uma das revistas de surfe que ficavam sobre a mesinha de canto.

— Pratica esportes? — perguntei.

— Tenho vontade, mas as oportunidades são poucas. — Ela devolveu a revista para a mesa. — Caminho de vez em quando, mas não sei se caminhar pode ser chamado de esporte.

— No sentido da adrenalina do termo, acho que não. Mas se só lhe resta caminhar, caminhe com vontade e agradecendo cada passo e cada visual, porque você não faz ideia da falta que isso pode fazer na vida de uma pessoa.

— Não vou deixar de agradecer.

— Você sente falta de quê?

Micaela ficou um tempo pensando. — Já fui pintora, sabia? Sinto falta dos cheiros das tintas e dos removedores, da textura das telas, de movimentar o pincel e as espátulas, de dar sentido às cores e transformar aquilo tudo em algo chamado de arte.

— Parece apenas uma questão de decidir retomar, não? No meu caso, não posso reimplantar uma perna por decisão.

— De certa forma, você tem razão.

— Mas se a pintura era algo tão importante, por que largou?

— Ih, é uma longa história. Nem vale a pena contar agora.

— Vou querer ouvir um dia. Bebe alguma coisa?

— Suco?

— De caju.

O tempo passava e nada de Dante e Karina chegarem. Liguei para eles duas vezes na frente de Micaela, para provar que, de fato, eu tinha convidado outras pessoas. Coloquei uma lista de *surf music* instrumental nada romântica. E conversamos só sobre medicina.

Às 23 horas, no limite do constrangimento, falei:

— Bom, aparentemente a turma furou mesmo comigo. Desculpa, mas não sei o que houve.

— Tudo bem, prometo não contar a ninguém que você ficou sem graça com isso.

— Eu fiquei sem graça? — Sorri.

— Pela quantidade de vezes que você olhou pro celular... — Ela ergueu uma sobrancelha. — Mas admito, tô bem mais sem graça, porque sua namorada pode chegar e...

— Não estou mais namorando. — Neguei com a cabeça.

— Não? E a... Desculpe falar assim... Gostosona do Direito?

Achei engraçado o apelido dado à Ana. — A gostosona do Direito me largou na festa de Réveillon, acredita?

— Ela não podia escolher um dia e hora menos cruéis?

— Uns três minutos após a meia-noite. Fogos de artifício coloridos no céu e eu ali, transformado numa imagem em preto e branco. Muitas vezes a gente acha que não tem nada pior a acontecer e então, quando menos imagina, é tratado como lixo.

— Mas você acha que tem a ver com... Com sua... Com seu acidente?

— Tudo a ver, mas já esqueci. Ou, pelo menos, tenho tentado com muita vontade. Vou esquecer... Tô esquecendo... Acabei de esquecer.

— Poxa, sinto muito. Ainda assim, você parece gostar dela.

— O desencanto foi uma onda que arrasou o castelo de areia que eu tinha construído na mente.

— Detesto constatar o quanto as pessoas julgam outras pela aparência.

— Talvez seja essa uma das minhas boas lições do episódio.

— Você nunca tinha conversado comigo...

— Alto lá! Você exerce o dom da invisibilidade e não sou mágico para superar isso. — Sorri.

— Ponto pra você.

— Você quer jantar agora? Pelo visto, seremos só nós dois, mesmo.

Então o celular dela apitou. Ela leu a mensagem, fez cara de decepção, baixou os ombros. — Acho melhor eu ir embora, Bruno.

— Tão cedo?

— Minha mãe está sozinha.

— Por que a gente não a convida pra vir?

— Ela não viria. E não a traria aqui, pode acreditar.

— Tenho certeza de que sua mãe é ótima.

— Melhor eu ir. Mas, antes, queria dar a você uma coisa. Depois você olha. — Entregou-me o pacote que havia trazido. — Dizem que é sempre de bom tom trazer alguma coisa quando se visita alguém pela primeira vez.

Nossa, como quis que ela ficasse! Acender a vela, jantar, passar a noite conversando mil assuntos diferentes, dar risadas, conhecê-la mais, esquecer de tudo o que havia acontecido nos últimos meses. Mas algo a impelia para casa, muito mais forte do que qualquer pedido meu.

Acompanhei-a até o carro. Quando ela entrou, fechou a porta e abaixou o vidro, eu disse, meio sem jeito:

— Juro que vinha mais gente, mas me deram o cano.

— Acredito em você. — Sorriu, ajeitou os óculos, jogou um beijo e foi.

Subi, acendi a vela, servi o estrogonofe à mesa e me sentei. Enchi meu copo com suco de caju e o ergui. — Saúde, Bruno. Parabéns por seu novo lar doce lar.

E nem pensei em mandar mensagem ao Dante e à Karina para reclamar da ausência.

Abri o pacote que Micaela tinha me dado. Um material encadernado em espiral, com uma extensa pesquisa sobre o tema óbvio que, de forma deliberada, eu vinha tentando evitar. Reportagens sobre recuperação de amputados, entrevistas com especialistas, ortopedistas, psicólogos e pacientes que perderam membros e retomaram a vida com a utilização de próteses. Tudo muito organizado, com anotações nas laterais e partes importantes grifadas com caneta luminosa amarela. No fim das mais de trinta páginas, uma série de telefones, endereços e sites de empresas especializadas. Meu médico havia delegado a mim a decisão de começar a readaptação com uma prótese. *No seu tempo, Bruno*, ele dissera. Pois a hora havia chegado.

Como me senti bem aquela noite por ler tudo aquilo! Sensação ao mesmo tempo estranha e gostosa de perceber o poder que aquela menina, que eu mal conhecia, tinha de me fazer sentir muito protegido. Como se eu pudesse pedir socorro a ela em todo momento de incerteza e insegurança que viesse a experimentar. E sob a proteção invisível do jeito inocente, tímido e nerd de Micaela, decidi iniciar o processo de colocação da prótese.

19

O domingo começou cedo, bagunçado e cinza. A chuva batia leve na janela e a preguiça me segurava debaixo das cobertas. Fiquei ali, imóvel, apenas pensando na noite anterior. Telefonei para Karina.

— Furona.

— Furona? O Dante me disse que não teria mais inauguração, que você cancelou porque não estava se sentindo bem, sei lá.

Comecei a rir. Finalmente entendi tudo.

— Beleza, Kakau. Volte a dormir. Ligo mais tarde pra gente tomar um suco à beira mar, quer?

— Topo, claro. Então você já melhorou?

— Nunca estive melhor, pode acreditar.

Telefonei para o Dante.

— E aí, Brunão, como foi a festinha com a nerd? Muito suquinho de caju?

— O suficiente.

— E?

— E o quê?

— Como é o beijo dela?

— Você tá maluco, só pode.

— Se não conseguiu pegar nem a nerd, sinto informar que você tá fraco demais. Não é mais o bom e velho Bruno.

— Mas quem disse que eu queria beijar a nerd? Tentei fazer uma festinha e meus dois melhores amigos não apareceram. Esse foi o ponto crucial da coisa e o ponto baixo da noite. Meu apartamento foi inaugurado por uma festa que jamais poderá ser chamada de festa.

— Devia agradecer a ajuda.

— Com qual fundamento você decidiu, agora, que eu preciso de ajuda? Se eu quisesse, *se* eu quisesse. Mas tá claríssimo que não quero.

— Ok, não tá mais aqui quem tentou ajudar.

— Você não acha que minha confiança foi embora com o pedaço da perna, né?

— Bruno, o cara que teve as melhores mulheres da cidade? Que fez tantas chorarem, sofrerem e se descabelarem? O terror da medicina? Doutor Jekyll e Mister Hyde num corpo só? Longe de mim achar isso. Seu estilo é inconfundível e você nunca vai esquecer. É como andar de bicicleta.

— Então é evidente que não precisaria de ajuda. E quanto ao médico e ao monstro misturados, isso é passado.

— Mas você tá ou não tá a fim da nerd?

— Vamos chamá-la de Micaela, pode ser? E não tô a fim dela. Ponto final.

— Entendido. Posso voltar a dormir?

— Vamos tomar um suco às 16 horas. A Kakau já confirmou.

— Fechou.

Eu terminava meu segundo suco de laranja quando os dois chegaram.

— Achei que me dariam o cano de novo — falei.

— Ei, eu não tenho nada a ver com o furo de ontem. Sou tão vítima quanto você. — Karina me beijou no rosto.

Dante puxou o banco e se esparramou. — Isso que dá querer colaborar. Altruísmo é algo raro nos dias de hoje, e vocês deveriam aplaudir. Já fui escoteiro segunda classe, sabiam?

— E, além de fazer fogueira com graveto, você se especializou em arranjar namoros impossíveis?

— Uma habilidade rara. — Dante levantou o indicador.

— Pro governo dos dois aqui, não aconteceu absolutamente nada. Uma garrafa de suco de caju, meia dúzia de conversas sobre medicina, constrangimento geral e ponto final.

— Ela tava arrumada? — perguntou Karina.

— Mulheres... — Sorri e balancei a cabeça. — Tava mais ou menos do jeito que vai à faculdade. Os mesmos óculos tapando o rosto. Talvez o cabelo estivesse penteado pro outro lado, ou nem isso.

— Acho a Micaela bonita.

— Ah, mas é muita bondade sua. — Dante bateu a palma da mão na mesa. — Bonita onde?

— Ela tem potencial, vai. — Karina arregalou os olhos.

— Meu Deus! Por que todo mundo sempre julga as pessoas pela aparência? Pois vejo qualidades naquele jeito tímido. E antes de você vir novamente com gracinhas... — Apontei para Dante. — Não, mais uma vez, não estou a fim dela.

— Ok, não tá a fim, não tá a fim. — Ele espalmou as mãos em minha direção. — De qualquer forma, podemos aproveitar que ela é CDF. Pode ser útil nos trabalhos finais. Tem meu voto, vamos inclui-la no grupo.

— Interesseiro! — Karina jogou um guardanapo nele.

Interrompi a conversa e apontei para a entrada da lanchonete. — Olha o Pequeno ali.

— Fala, irmão — gritou Pequeno, aproximando-se e me dando um abraço apertado.

Dante bateu o punho no dele e soltou a piada infame de sempre:

— Grande Pequeno!

— Grande Pequeno! — repetiu Karina.

— Como vai a perna, *bro*?

— Te conto quando o tubarão me devolver — respondi com a outra piadinha infame de sempre.

— Maldito tubarão! Tomara que o osso tenha engasgado o bicho que nem um palito atravessado na garganta.

— E qual a boa? — perguntei.

— Sábado que vem é dia de superlua cheia e vamos fazer um luau lá no Moçambique. Só chegar com a bebida lá pelas dez. Uma banda de *surf music* e *reggae roots* vai tocar. Fogueira por minha conta.

— Nesta semana tem meu aniversário e eu pensei em marcar alguma coisa com os amigos no sábado. Se alguém passar em casa pra me pegar... — sugeri.

— Maravilha! — gritou Pequeno. — Vamos comemorar seu aniversário lá.

— A carona é meu presente. — Karina segurou minha mão.

Após Pequeno se despedir, Dante e Karina me obrigaram a detalhar como havia sido a noite anterior. Gostei de contar, pela sensação de que, aos poucos, os assuntos paravam de girar em torno da falta da minha perna.

Na hora de irmos embora, Dante se antecipou:

— Eu pago a conta, pra me redimir de ontem. — Foi ao balcão e de lá gritou, depois de um tempo: — Alguém tem cinquenta centavos pra completar aqui?

Abri a carteira para procurar e então reencontrei, num compartimento lateral, a moeda que a menininha tinha me dado no churrasco. Sorri e gritei de volta:

— Não tenho.

Karina morava em Palhoça, a vinte e cinco quilômetros da minha casa, mas as caronas eram bem-vindas e não recusei a oferta. No caminho, de repente pedi a ela:

— Vire na próxima esquina.

— Mas não é o melhor caminho pra sua casa.

— Eu sei, mas me deu fome.

Não entendi o motivo da vontade súbita de ir àquela lanchonete, mas algo me impelia para lá.

— É aqui. — Apontei.

Karina estacionou.

— Bem caído o lugar, não? — Ela torceu a boca.

— É o melhor pão com linguiça do mundo.

— É o que diz a propaganda.

De fato, não podíamos constatar se era ou não o melhor pão com linguiça do mundo, mas estava muito bom. Brigaria fácil pelo primeiro lugar. Enquanto comia, olhei ao longo da rua. Poucas pessoas circulavam, o característico fim de tarde aos domingos no centro.

— Tá procurando alguma coisa? — perguntou-me Karina.

— Um sujeito que vi uma vez deitado aqui no pé da vitrine.

— E por que precisa encontrá-lo?

— Eu... Não sei. Acho que é só curiosidade, mesmo.

Saímos de lá e, ao passarmos diante de uma feira hippie, pedi para ela encostar.

— Ei, parece que você não tá a fim de chegar em casa, mas... você numa feira, Bruno? Tá mudado mesmo.

— Quero só ver se acho uma coisa. Pode me deixar aqui e eu pego um táxi pra casa.

— Você manda.

Procurei por várias barracas até encontrar artesanatos de madeira sobre um cobertor estendido no chão. Pedi ao barbudo de *dreadlocks* que me cortasse uma pequena roda de madeira de uns três centímetros de diâmetro e meio de espessura, e fizesse dois furos próximos à borda. Assim ele fez e paguei alguns trocados pela peça. Em outra banca, comprei uma cordinha de couro.

Já em casa, passei a trabalhar na rodela. Abri um tubo de cola e preenchi a superfície da peça. Apoiei-a sobre a mesinha ao lado do sofá e pressionei a moedinha sobre a madeira até que ficasse firme. Lixei a borda para ajustar. Por fim, passei a cordinha de couro pelos dois orifícios, amarrei nas pontas e coloquei no pescoço. Um amuleto de força. Cinquenta centavos capazes de comprar o mundo. Com tão pouco, eu faria tudo o que desejasse. Lembrei-me de como me senti forte após a demonstração de carinho da pequena Gabi. O amuleto estaria no peito para me lembrar da decisão em relação ao meu destino na medicina. E para que tivesse a força necessária para cumpri-la.

20

Desde o acidente, minha mãe não havia autorizado dona Conceição a fazer bacalhoada. A tristeza por receber a notícia enquanto elas dessalgavam as postas que serviriam na minha volta do Havaí tinha-lhe dado a certeza de nunca mais fazer o maldito prato. Para não trazer mau agouro, melhor não facilitar. Na noite anterior ao meu aniversário, entretanto, elas capricharam no Gomes de Sá e no vinho português.

Meu pai me deu de presente um livro com a história de um amputado que subiu o Aconcágua. Flávia, um par de tênis, com a conversa fiada de ter tentado convencer o vendedor a trocar o pé esquerdo por mais um direito. Já a pequena escultura de resina dos três anjos, comprada anos antes em frente à basílica de Guadalupe, veio acompanhada por lágrimas de minha mãe e o pedido especial de que eu a colocasse num lugar de destaque no meu apartamento.

Pois ali estava eu, na madrugada e já de volta em casa, deitado na cama e com o olhar fixo na escultura. Rafael, Gabriel e Miguel, os três nomes escritos embaixo. Eu tentava entender o motivo de tamanha devoção e o tempo incompreensível que minha mãe perdia com aquilo. Mas é sempre prudente acatar pedidos de mães, especialmente daquelas que marcam sob pressão a vida dos filhos. Ainda que as três figuras barrocas não me dissessem absolutamente nada e não combinassem com a decoração moderna do apartamento, melhor arranjar um lugar de destaque, antes de dona Conceição levar a informação de que o fundo do armário havia sido o lugar escolhido. E sermões com referências religiosas era tudo o que eu não andava disposto a escutar.

Arrumei a cômoda e coloquei ali os três anjos. Um canto de reclusão, de meditação. O canto da tranquilidade, do perigo transformado em oportunidade. No mínimo, o canto da boa energia. Mal não podia fazer.

O tempo no fim de junho ainda seguia quente, como se o outono teimasse em se prolongar por cima do inverno. Nenhuma nuvem no céu, moldura perfeita para uma noite de superlua. Karina me apanhou às 22h30 e seguimos para o luau no leste da ilha. No Moçambique, vários carros estacionados apontavam os faróis ligados em direção ao mar. A fogueira alta iluminava um bom trecho da praia e pranchas enfiadas na areia delimitavam as áreas dos banheiros masculino e feminino. Ao pisar na areia, empurrei o chinelo para o lado e fiquei roçando a sola do pé para frente e para trás, tentando projetar como seria bom se houvesse um pé esquerdo para sentir de novo aquele toque áspero. E como a areia não dava firmeza nas muletas, apoiei-me no ombro de Karina e seguimos para o meio da festa.

A banda ainda não tinha começado. Dois amplificadores estavam ligados a um pequeno gerador sobre a caçamba de uma caminhonete e o baterista montava os tambores sobre outra caminhonete estacionada ao lado. Um jipe próximo à água fazia as vezes de bar. Levamos as bebidas e no trajeto muita gente me cumprimentou. Sobre o jipe, Pequeno comandava a organização dos isopores com gelo. Quando me viu, pulou e rolou na areia, ficou de pé e me abraçou.

— Olha o Brunão aí! Parabéns.

— Obrigado, irmão.

— Karininha, que gata! Meu Deus do céu! Agora, sim, o luau promete. — Ele abraçou-a também.

— Deixa de ser exagerado, Pequeno — devolveu ela.

— Bom, pessoal. É o seguinte: a fogueira tá bem ali, as bebidas aqui. O mar ali atrás, a areia cá embaixo. E se ninguém souber onde tá a superlua, é só olhar pra cima. O resto é com vocês.

— Agora, sim, estamos situados — brinquei.

— Mandei buscarem um toco pra você se sentar quando sentir cansaço, irmão. A turma tá vindo ali, ó. — O Pequeno apontou para o Guga e mais três cabeludos aparentemente sob o efeito de ervas, que saíam do mato carregando um enorme toco de madeira. Quando Guga me viu, soltou o toco e veio correndo. Os outros três quase quebraram as costas para segurar a madeira. Jogaram no chão e passaram a trazê-la rolando.

— Porra, Bruno. Que saudade! — Abraçou-me muito forte.

— Fala, Gugão. Saudade também, meu velho. Cá estou de volta, quase inteiro. Renascendo por dentro, depois de pisar na areia de novo.

— Pra mim parece inteiraço. E vamos beber pra comemorar a volta. — Correu até o jipe e trouxe três latas de cerveja. Me deu uma e passou outra para Karina.

— Ao Bruno, hoje comemorando nascimento e renascimento — disse ele.

Gostei de ouvir aquilo. Levantei minha lata e brindamos. O Guga foi atrás da namorada.

— Você chamou a Micaela? — perguntou Karina.

— Por quê?

— Porque ela acabou de chegar ali e parece perdidinha.

— Confesso, chamei. Mas sem piadinhas, por favor.

Micaela segurava uma garrafa de suco.

— Ei, Micaela — gritei e acenei.

Ela abriu um sorriso.

— Todo mundo na área! — gritou Dante, aparecendo por trás de mim, com uma vodca numa das mãos e um saco de limão na outra. — É festa da medicina isso aqui?

— Se alguém passar mal, no mínimo não morre sem atendimento — completou Karina.

— Vocês já conhecem a Micaela, não? — perguntei.

— Claro, né? — respondeu Karina e as duas se beijaram.

— Nunca fomos oficialmente apresentados, mas confesso que sempre quis colar de você. — Dante estendeu a mão.

— Passo cola na próxima prova.

— Já gostei — completou Dante, olhando para mim e apontando para ela. — Por que não nos apresentamos antes?

— A Micaela tinha o dom da invisibilidade. Habilidade que espero ela perca e não recupere jamais — respondi.

— Venho tentando, juro. — Ela levantou a mão direita.

— Pois a partir de hoje você fará parte deste seleto grupo. Uma vez aqui, sempre aqui. Com ou sem cola nas provas. — Dante riu.

— Vamos fundar uma *famiglia*? — sugeriu Karina. —É coisa de máfia. Amizade acima de tudo. Tenho um tio siciliano que outro dia me contou sobre isso aí.

— Vamos brindar à *famiglia* e ao aniversário do nosso grande camarada e meu melhor amigo. — Dante correu e voltou com uma lata de cerveja para ele e outra para Micaela.

Micaela ergueu a lata. — À vida, às vezes difícil, complicada e inexplicável, mas que nunca deixará de ser bela e fascinante. Vida que podemos mudar a cada instante, se escolhermos sempre noventa por cento com o coração e dez por cento com a razão.

— Gostei disso — devolveu Karina.

— Noventa por cento coração, dez por cento razão — falei.

Brindamos, mas não pude deixar de notar que Micaela não bebeu nem um gole sequer.

Muita gente apareceu no luau, vários conhecidos que eu não via desde antes de ir para o Havaí. Mas passei a noite sentado no toco de madeira, evitando criar oportunidades para ter de explicar pela milésima vez como havia sido o ataque.

O repertório da banda era ótimo, já os tinha assistido outras vezes. A turma dançou muito e apenas olhei. Puxaram parabéns para mim, fui obrigado a cantar Pet Semetary, dos Ramones. Minha desafinação não impediu aplausos demorados, não sei se por ser o aniversariante ou por pena da lamentável cena dos três cabeludos drogados tentando me colocar sobre a caçamba da caminhonete disfarçada de palco. Eu estava um pouco feliz, apesar de tudo. Estar ali, vivo, com grandes amigos: era por isso que valia viver.

Quando a banda acabou de tocar, boa parte da turma arrancou as pranchas da areia, tirou a camisa, largou os chinelos e saiu correndo para a água. Permaneci sentado na madeira, olhando-os descerem as pequenas ondas da madrugada. Micaela tinha ido atrás de um suco, Karina e Dante estavam desaparecidos.

— Me tira daqui, por favor — pedi, quando Micaela voltou.

— Vem comigo.

No trajeto para minha casa, Micaela pegou um caminho mais longo. A velocidade não passava dos sessenta.

— Você viu o Dante e a Karina? — perguntei.

— Na areia, no canto direito da praia.

— Eles estavam...?

— Não, só conversando mesmo. Pareciam animados. Também não me lembro de ter me divertido tanto. Você cantou muito bem.

— Já vi que música não é seu forte. — Gargalhei.

Chegamos em frente ao meu prédio.

— Obrigada pela noite e parabéns mais uma vez.

— Espero que agora você acredite que em minhas festas aparecem outras pessoas.

— Nunca duvidei disso. — Ela piscou para mim.

— Você... — Pigarreei. — Quer terminar a noite com um suco de caju lá em cima? — Meu coração disparou quando fiz essa pergunta de supetão.

Ela enrubesceu, baixou os olhos.

— Preciso ir já. Passou da hora e minha mãe... Quem sabe outro dia?

— Saiba que você pode me pedir qualquer coisa. Tá com crédito pela carona totalmente fora da sua rota.

— Vou usar esse trunfo algum dia. — Ela sorriu e acelerou.

Micaela não era como as mulheres por quem já havia me apaixonado na vida. Certamente, não como aquelas por quem me apaixonei por longo tempo, por uma noite, ou pelas quais me apaixonei durante uma fração de segundo, quando via uma menina na praia, numa loja ou no meio da rua e imaginava como seria tê-la nos braços, até esquecê-la por completo na esquina seguinte. Também não como as que se apaixonaram por mim e para as quais não dei bola ou tratei de forma indiferente. Tampouco as que eu havia feito chorar por conta do meu ego, ou aquelas por quem me desencantei ao primeiro sinal de um carinho mais profundo, como fuga de algo mais sério. Na verdade, Micaela não fazia o estereótipo da mulher por quem a maioria dos homens se apaixonaria de primeira, em uma análise de beleza física à frente de qualquer outro tipo de julgamento. Não que ela não fosse bela, mas tinha o tipo de beleza que só saltaria aos olhos de quem desse a chance de tentar desvendar o mundo por trás daqueles óculos enormes, em meio à inegável presença de seus incríveis olhos azuis. Era a antítese de Ana, desejada por cem por cento dos homens que a conheciam. O oposto da maioria das mulheres que frequentavam bares, praias, faculdades e academias, com a intenção de se fazerem notadas a todo custo. O dom da invisibilidade talvez tivesse sido desenvolvido como o escudo a protegê-la de desilusões, a tática de nem dar chance de isso acontecer. Micaela não era mesmo como as mulheres por quem me apaixonei. Era muito diferente, era sensibilidade impregnada na pele, doçura correndo nas veias.

Se eu já estava apaixonado por ela? Muito cedo para dizer. Não queria ficar pensando naquilo. Mas não conseguia parar de pensar.

21

Munido das indicações médicas, radiografias e exames, escolhi uma prótese de fibra de carbono e alumínio, da articulação do joelho até o pé, com controle pneumático ajustável e uma série de tecnologias que corrigem a forma de caminhar e compensam possíveis desvios no quadril. Compartilhei tudo com Micaela, talvez pela necessidade ainda não muito clara de retribuir o que ela fizera por mim. Ou por carinho, gratidão, um pouco de um sentimento que andava difícil negar.

Aquele foi um tempo de aprendizado e adaptação. Entender novamente o significado da palavra "caminhar". Reprogramar o cérebro para perceber a existência da prótese. Estudar como deveria ser o movimento de jogar o coto da coxa para frente, para o resto da perna de fibra de carbono e alumínio, presa a um tênis, fazer o papel a que se destinava. Entender que o equilíbrio voltaria com movimentos calculados no início e naturais com o passar do tempo. Voltar a ser o bebê que fica de pé e se apoia em qualquer coisa para não cair, até a confiança passar a fazer parte de seu cérebro, de sua carne, músculos e células, como um elemento que entranha no corpo e o mantém na vertical sem vertigens ou vacilações. Fisioterapia, esforço, massagens, medo, esperança. No início, manquei. Em seguida, andei. A confiança voltou a fazer parte de mim e em dois meses corri. Junto à liberdade reconquistada, veio o sentimento de que nada mais poderia me deter. Aos fins de semana, eu descia para a beira-mar e, diante de olhares curiosos e admirados, eu apenas estufava o peito, elevava o queixo e seguia em frente.

Saí definitivamente do surfe, mesmo sabendo que o surfe jamais sairia de mim. Depois daquele luau, tinha jogado as revistas fora e guardado os troféus numa caixa. Afastei-me de vez da turma dos surfistas. O mar passou a ser apenas uma força da natureza, ora assustadora, ora tranquila, mas cada vez mais distante de mim. Voltei a dirigir, comprei um carro velho, mas de câmbio automático, para não precisar usar a prótese da perna esquerda. Minha família retomou a vida. Meu pai, minha mãe, Flávia, cada um voltou a fazer suas atividades e tocar seus projetos. O foco deixou de ser o que *eu* pensava, o que *eu* gostava, se *eu* aprovaria. Era reconfortante ver as coisas retornando ao eixo onde o pronome *eu* cedia novamente espaço a *ele*, *ela* e *nós*.

A *famiglia* se uniu ainda mais. Subimos a Serra do Rio do Rastro pela primeira vez no feriado de 12 de outubro e alugamos o chalé que passaria a ser o refúgio nos finais de semana sem promessa de praia e cuja melhor tática era sumir do mapa. Sempre que decidíamos ir para lá, a primeira providência era definir o cardápio. Selecionávamos o prato e comprávamos os ingredientes, na sensação de seguirmos para um mundo paralelo onde não haveria problemas e apenas diversão.

Micaela se recusou a passar cola para Dante, mas organizou um grupo de estudos da *famiglia*, com debates sérios sobre temas importantes da medicina. Tornamo-nos muito melhores do que prometíamos. De tal forma que o resto daquele último ano de faculdade passou voando, agarrados à esperança de tempos melhores, de uma vida recheada de possibilidades que se confirmavam com a aproximação da formatura, com a missão de prepararmos o terreno para a vida profissional e de seguirmos escolhendo sempre noventa por cento com o coração e dez por cento com a razão.

22

Dezembro chegou e com ele os dias contados para nossa festa de formatura. Havíamos feito contribuições mensais durante o curso inteiro e aquela prometia ser uma das melhores festas já vistas na ilha. Quase 700 convidados, uma banda de baile, comida e bebida à vontade. Um ano antes, eu tinha zerado minha vida numa praia do Havaí e adquirido uma nova chance de refazer o caminho da vida. A incerteza que rondou aquele período parecia, agora, tão forte quanto a que permearia o dia seguinte à festa. Mas eu não queria pensar naquilo, ninguém queria. Era tempo apenas de celebrar a conquista, beber, relembrar o passado e esquecer o futuro.

Logo no início do mês, entretanto, fui surpreendido por Micaela e a notícia dada em meio a um semblante de quem parecia ter chorado a noite toda:

— Bruno, eu não vou à festa.

— Como não?

— Não tô com vontade.

— De jeito nenhum! Você vai, sim. Se não fosse por você, talvez eu, o Dante e a Karina não tivéssemos chegado tão bem até aqui. A *famiglia* vai comemorar e você é parte fundamental.

— É que... Sabe, não tô no clima.

— Fiz alguma coisa?

— Você é meu melhor amigo e se fosse alguma coisa com você eu falaria na hora. É uma coisa minha, não quero estragar a festa de ninguém.

— Se sou seu melhor amigo, assim como você diz, e não me conta o que acontece com você, como posso acreditar que sou mesmo seu melhor amigo?

Ela ficou um tempo em silêncio. E soltou, baixando os olhos:

— Minha mãe. Ela não tá numa boa, sabe? Aliás, há muito tempo já.

— Tá doente?

— Bastante.

— E você, médica, não tem como ajudar?

— Tentei um monte e já nem sei mais o que fazer.

— E o que ela tem?

— A bebida... Tá acabando com ela, comigo, com todo mundo ao redor. Já não tem mais amigos, todos se afastaram. Sobrou apenas a teimosia de uma filha que tenta fazer de tudo pra ajudar, mas não sabe mais de onde tirar força.

— Eu posso conversar com ela.

— De jeito nenhum. Isso só pioraria as coisas, afinal de contas ela nem te conhece.

— Também sou quase formado em medicina, posso tentar.

— Melhor não, Bruno. Vou dar um jeito.

— Você tem medo de ela ir à festa e...?

— Que ela beba e dê vexame, como já fez dezenas de vezes.

— Prometo não deixar. Fico ao lado dela e se sentir que pode dar problema saímos de lá com ela.

— Ah, mas isso nunca. Não vou correr o risco de estragar sua festa de formatura.

— NOSSA festa de formatura! E se você não for eu também não vou.

— Por que tá falando assim?

— Porque se não fosse por você eu estaria numa pior.

— Você ia superar o problema de qualquer jeito, com ou sem minha ajuda.

— Sem sua ajuda eu com certeza não estaria aqui, acredite em mim.

— Por favor, me deixa não ir à festa. — Ela segurou minha mão.

— Fora de cogitação. E os seus convidados?

— Não convidei ninguém, nem comentei sobre nada. Aliás, fui a única da turma a não pagar a festa.

— Você irá como minha convidada. Não precisa falar com sua mãe. Diga apenas que vai sair comigo e pronto.

— Não sei.

— Por favor?

Micaela suspirou. — Tudo bem. Vou como sua convidada.

23

Às 7h30 da segunda-feira seguinte, última semana de aula, mochila nas costas e trancando a porta do apartamento, meu celular notificou uma mensagem.

Me ensina a surfar?

Sério?, respondi com as costas na parede do saguão, ao lado do elevador, sem entender aquele pedido de Micaela.

No dia do seu aniversário, você me deu crédito pra pedir qualquer coisa.

Achei que você jamais pediria algo assim.

Ensina ou não ensina?

Pensei muito antes de responder: *Quando?*

Hoje.

E a faculdade?

Vamos faltar.

Você nunca faltou. Vai fazer isso na última semana?

Não faltei porque nunca tive vontade de surfar antes.

Não tenho mais prancha.

Isso não é problema. Que hora passo aí?

Na hora que você quiser.

Em vinte minutos.

Da janela, vi Micaela estacionar o carro com duas pranchas no bagageiro. Coloquei o casaco de moletom e desci.

— Você é doida.

— Aquela pergunta sobre eu praticar algum esporte ficou martelando minha cabeça desde o dia da inauguração do seu apartamento. Nada melhor do que começar com um esporte cujo professor já está disponível.

Rumamos para a praia da Barra da Lagoa, de ondas pequenas e boa para iniciantes.

— Nunca dei aula de surfe.

— Me ensina a ficar em pé na prancha e o resto me viro.

— Só pra tirar uma dúvida... Você tá fazendo isso por você ou por mim? — Ergui a sobrancelha, desconfiado.

— Eu preocupada com você? Imagina... — Ela me olhou de soslaio e sorriu.

— Tudo bem, então vamos só por você mesmo. — Dei um encontrão do meu ombro no dela.

O trecho da praia era só nosso. Micaela estacionou, pegamos as pranchas e ela colocou a mochila nas costas. As ondas não passavam de um metro e o sol começava a esquentar, em meio ao vento frio que soprava do mar.

— Você foi bem orientada, este *funboard* é o ideal pra você. Tá achando pesado? Se quiser, eu carrego.

— Se quero virar surfista, não posso esperar que alguém carregue por mim.

— E esta aqui? — Apontei para a outra prancha em cima do carro.

— Peguei emprestada na loja, é pro meu professor. Inventei que testaria as duas e escolheria uma. O tamanho do cheque caução dá pra comprar umas três pranchas importadas.

— Você é doida mesmo, acabei de confirmar. — Balancei a cabeça.

— Ótimo, agora eu vou ser invisível e doida.

Pisamos na areia e ela saiu correndo com a prancha debaixo do braço.

— Pois saiba que pra mim você não é invisível coisa nenhuma — gritei, sem garantias de que Micaela tinha ouvido. Enquanto ela já chegava perto da água, gritei mais alto: — Calma aí, apressada. Já quer entrar no mar?

— E surfar não é dentro d'água?

— Volta aqui. Você ainda precisa aprender um monte de partes teóricas.

Ela voltou com o semblante frustrado, olhos esbugalhados aguardando instruções.

— Primeira lição: — comecei — não dá pra surfar de saia e camiseta. Tem de ser de biquíni, ou, como a água tá gelada, melhor uma roupa de Neoprene.

— Não seja por isso — ela tirou a blusa e a saia.

O Neoprene colado delineava seu corpo. Só ali percebi que as roupas do dia a dia escondiam belas curvas. Fiquei um tempo em silêncio, observando-a.

— Que cara é esta, professor?

— Nada não — disfarcei. — Vamos à segunda lição: aquecimento.

Rodamos os braços, ela deu uns pulos, foi e voltou até a beira d'água algumas vezes.

— Muito bom. Terceira lição: a oração de comunhão com os deuses da natureza. — Fechei os olhos, juntei as mãos à frente. — Repita comigo: Deus sol, Deus vento, Deus céu, Deus mar. Façam de cada onda uma extensão do meu corpo e da minha alma. Que as valas não me engulam e as correntezas não me levem, que a luz no fim do tubo indique o melhor caminho. Que eu volte vivo e um pouco melhor do que entrei.

Ela repetiu cada palavra.

— Todo surfista faz essa oração? — perguntou.

— Só eu e era segredo até agora.

— Pra quem não acredita em nada, você foi bem espiritual.

— Acredito na força da natureza, e é por isso que a respeito.

— Então você entende o tubarão.

Demorei, mas entendi. Ele tava exercendo seu papel de tubarão e eu era a refeição à disposição naquele momento. De toda forma, a oração falhou na missão "que eu volte um pouco melhor do que entrei".

Micaela me encarou. — Será? Já pensou em agradecer por ter vivido aquilo no Havaí?

A pergunta tirou minha base mais do que ter uma perna retalhada e outra pela metade. Ficamos alguns segundos em silêncio, apenas ao som das ondas quebrando.

— Agradecer? Não, não sou assim tão — fiz sinal de aspas — "evoluído".

— Não te condeno... — Micaela suspirou. — Bom, e agora? A próxima lição tem finalmente a ver com ficar em pé na prancha?

— Ainda não.

— Você quer que eu desista, né? Vai, assuma. Pois não vou desistir de jeito nenhum.

— Ninguém, absolutamente ninguém na face da Terra subirá numa prancha antes de aprender a passar parafina nela. Trouxe alguma?

— O rapaz da loja me empurrou o kit completo. — Micaela abriu a mochila e me entregou a barra.

— Existe parafina de água morna, quente, fria e gelada. Esta é de água fria, perfeita para as condições de hoje.

Apoiamos com cuidado a prancha na areia.

— Movimentos circulares para a direita e para a esquerda. — Comecei a mostrar como se fazia. — Passe principalmente nos lugares onde você colocará os pés e nas laterais onde apoiará com as mãos pra se levantar. Da parte de trás da prancha e até um pouco mais da metade dela. Temos de conseguir os pontinhos que vão dar a aderência.

Micaela segurou a barra da parafina sobre a prancha, entrelacei meus dedos por cima dos dela. Fomos circulando a pedra bem devagar. Ela me olhou, sorriu sem graça e enrubesceu, como já fizera outras vezes. Apenas ao som do vento, cobrimos a superfície da prancha. Eu nunca havia estado tão próximo de Micaela, nosso maior momento de intimidade, meu coração praticamente golpeando com força suas costas. Terminamos, eu respirei fundo e sussurrei:

— Agora você está apta a começar.

Por uma hora, ainda na areia, ensinei-a a posição correta deitada sobre a prancha, a técnica de remada, altura dos braços em relação ao corpo, o momento certo para se levantar, os movimentos para ficar de pé, o afastamento das pernas, a angulação dos pés e do tronco em relação à prancha. Micaela parecia encarar aquilo como mais uma prova em que precisaria tirar dez.

No fim da manhã, perguntei:

— Quer tentar na água?

— Vamos comer primeiro?

A mochila tinha sanduíche. Compramos água de coco, sentamo-nos na areia.

— Conta pra mim um pouco como é sua vida no surfe — pediu ela.

— Fui muito feliz, me diverti, competi, adorei ganhar, odiei perder.

— Por que você diz tudo no passado?

— Porque não tenho mais vontade, ou coragem, não sei bem, de encarar as ondas.

— Sabia que há surfistas amputados?

— Pesquisou sobre isso também...? — Olhei-a de lado.

— Muito material bom na internet.

— Já assisti a vídeos da turma fazendo a coisa, mas não sei se quero.

— É porque você sempre foi competitivo e não consegue se limitar a pegar ondas pequenas?

— Pra quem já competiu um monte, deve ser triste ficar todo capenga em cima de uma prancha. Prefiro preservar a imagem do arrojo e da velocidade.

— Você poderia sentir muita emoção de novo, acredite.

— Não está nos meus planos fazer isso novamente.

Terminamos o lanche e estiramo-nos na areia, sob a sombra de uma pequena árvore.

— Bom demais ficar assim, sem fazer nada, né? — comentei.

— Para alguém como eu, acostumada a só estudar, isso aqui parece outro mundo, outro planeta, outra vida.

— Por isso, agradeçamos o fato de você ser hoje apresentada a este outro universo. — Apontei para o cenário e completei: — Outro universo, Micaela. Micaela, outro universo.

— Muito prazer, outro universo lindo! — gritou ela.

Estranho apoiar a prótese pela primeira vez na areia mole do fundo do mar, mas entrei com água até a cintura e, à medida do equilíbrio, tentei ser o professor que Micaela merecia. Do meio para o fim da tarde, ela conseguiu ficar em cima da prancha sobre as pequenas ondas. Cada microdeslizada era comemorada como um gol numa final de campeonato. Ela insistiu milhares de vezes para eu surfar, mas não cedi.

No fim da tarde, resolvemos parar. Nossos corpos não aguentavam mais tanto esforço. Subimos as grandes pedras da prainha para assistir ao pôr do sol. O céu alaranjou, rajou em violeta para depois azular quase escuro e enfim apresentar as estrelas.

— Vendo um cenário deste, você não tem vontade de voltar a pintar?

— A pintura faz parte do passado.

— Que nem o surfe é pra mim e você acha que devo retomar?

— Os traumas são diferentes e cada um encara de uma maneira.

— Qual é seu trauma em relação à pintura?

Ela ficou um bom tempo olhando o mar escuro. — No dia em que minha mãe teve uma das piores crises com a bebida, a gente discutiu, ela me bateu e rasgou uma tela que eu estava pintando. Não revidei o tapa na cara, nem sei como me segurei, sabe? O quadro era pro meu pai e eu vinha trabalhando nele havia semanas. Fiquei revoltada com aquilo, me deu vontade de sumir. Mas tive pena dela, não consegui deixá-la. Ela está doente, já foi pra clínica de reabilitação, psiquiatra, acupunturista, fez meditação e o que mais se pode imaginar. Fica sóbria um tempo, depois vem a recaída. Cansei.

— Ufa! — Baixei os ombros.

— Agora vou me formar, e se eu for pra outra cidade como vai ser?

— Muitas vezes, a pessoa só acorda pra vida quando toma um choque de realidade e percebe que terá de resolver suas paradas sozinha.

— Vai ser minha tática: ir embora e não olhar pra trás. Ela vai ter de assumir as rédeas do próprio destino.

— E vai, acredite. — Balancei a cabeça e me virei para ela. — Ei, eu queria ver um quadro seu.

— Impossível. Joguei todos fora no dia da briga. Também os pincéis, tintas, paletas e cavalete.

— Você jogou fora um pouco de si, já pensou?

— Da mesma forma que você, quando mandou enterrarem sua prancha numa praia do Havaí.

— No meu caso era medo. E no seu?

— Cada um carrega a cruz colocada em suas costas, Bruno. Não tem como comparar cada sentimento.

— De certa forma, há comparação, sim: a tela é o mar; o pincel é a prancha; a tinta, a espuma; os traços, as ondas.

— E os movimentos com o pincel, as manobras?

— Né?

Ela me olhou, sorriu. — Meu pai tem um quadro meu na parede da casa dele, o único que sobrou. Da época em que éramos uma família de verdade.

— Família de verdade...

— Pois é, já tive uma.

— E o que aconteceu entre os dois?

— A relação deles se deteriorou, e eu nunca perguntei o motivo. Quando ele saiu de casa, ela começou a sair com as amigas e a beber, a pular de um namorado pra outro. Aplicativos de encontro, sabe? Eu achava aquilo horrível. Cada dia um homem diferente dormia na minha casa. Fui morar com meu pai, mas ela piorou demais sozinha. Voltei pra carregar a tal cruz. No fim, ele se mudou pro Rio de Janeiro e ela ficou ainda pior.

— Sua mãe trabalha?

— Aposentada por invalidez, o que é lamentável. Ela é bonita, tem 52 anos e pode produzir muito ainda.

— De repente acontece alguma coisa e ela se ajeita.

— Faria qualquer coisa pra ela se ajeitar, juro.

— A devoção que você tem a ela é admirável. Não sei se eu conseguiria me doar tanto a alguém.

— Ah, conseguiria. Você é boa pessoa.

— "Boa pessoa" é um elogio? — Franzi a testa.

— Vou além: você é ótima pessoa, excelente pessoa, uma pessoa perfeita. Uma pessoa muito pessoa.

— Sou uma pessoa muito pessoa com uma vida muto esquisita: um dia, tinha duas pernas controlando uma prancha. Tempos depois, com uma perna só, estou deitado numa pedra sob o céu estrelado, ao lado de uma menina invisível.

— E nem pense em tentar fugir daqui. Roubo sua perna de metal e não devolvo mais.

— Maldade! — gritei, eu e ela gargalhamos.

— Quanta gente neste momento está fazendo isto? — Micaela se estirou na pedra e colocou as mãos por trás da cabeça. — Num dia de semana, deitados sobre a pedra de uma praia maravilhosa.

— Vendo o mesmo céu, olhando as mesmas estrela.

— E fazendo pedidos.

— Peça o seu que peço o meu.

Ela fechou os olhos, mordeu os lábios em meio a um sorriso e logo depois os abriu. Olhei para o infinito e fiz meu pedido.

— O que você pediu? — perguntou ela.

— Se eu revelar o pedido ele não se realiza.

— Depende. Você pediu com o coração?

— Totalmente.

— Então o pedido é mais forte do que a revelação dele.

— Pedi dias melhores pra sempre. Só isso.

— Isso vai acontecer, pode acreditar.

— E você desejou o quê? — perguntei.

— Ah, mas isso não revelo nem sob tortura.

Ficamos em silêncio admirando o céu. Até ela retomar a palavra:

— Meu quadro favorito.

— O quê?

— Noite Estrelada, do Van Gogh. Deve ter se inspirado em noites como esta aqui. Criou da janela de seu ateliê no hospício. Um louco e sua grande obra.

— Quem vai dizer qual a medida da loucura?

— São mistérios do cérebro humano que ninguém jamais vai desvendar. Milhões de conexões, distúrbios inexplicáveis. Uma ligação falha e o mundo da pessoa se torna outro.

— Será que nós dois somos normais? — perguntei.

— Acho que não. Enquanto o mundo corre veloz ali por trás das colinas, estamos aqui, parados no tempo e conversando sobre Van Gogh e sua noite estrelada.

— Se Van Gogh era louco, bendita seja a loucura.

Micaela me olhou com ternura e disse:

— Também este outro universo loucamente simples que você me apresentou hoje.

24

Ao som da campainha do meu apartamento, não contive o sorriso. Abri a porta e lá estava ele, queimado de sol, a inseparável boina recheando a careca, os cabelos brancos saindo pelas laterais, óculos, camisa florida, bermudão, sandália no pé e a mala no chão. Visual estranho para quem não o conhecesse, mas a identidade de quem havia passado a vida descendo as maiores ondas do mundo.

— Brones! — Ele abriu os braços. — Vai ficar aí olhando seu velho avô ou vai ajudar com a mala?

— Jones Robens!

Quando subi numa prancha pela primeira vez, meu avô me apelidou de Brones, pois achava mais apropriado para alguém que seria um grande campeão. Seu otimismo colossal lhe confiava ser apenas questão de tempo um troféu mundial de surfe na minha estante. Nascia, lá atrás, meu treinador Jones Robens, ou João Rubens para todo o resto. Abraçamo-nos como fazíamos quando eu tinha 11 anos e saía da água após uma boa sequência de ondas, ele com a prancheta e uma série de anotações sobre minha performance nas ondas esquerdas, direitas, nos tubos e tombos.

— Desça lá e pegue o Bartolomeu pra mim no saguão do elevador de serviço. Com uma perna retalhada e outra pela metade, você é mais ágil do que eu com as duas completas.

— Ele veio com você?

— Você não achou que eu viria só pra sua formatura e perderia a chance de pegar umas ondas com meu neto, né?

Não respondi, não quis decepcioná-lo já na entrada. Desci e voltei com o velho *longboard* que ele havia comprado na Austrália, quando se aposentara do Circuito Profissional de Surfe, trinta anos antes. Homenagem ao lendário Wayne "Rabbit" Bartholomew, amigo, contemporâneo de batalha e ídolo. Meu avô estava estirado no sofá, com os pés descalços sobre a mesa de centro e a cabeça jogada para trás.

— Coloca o Bartolomeu ao lado da Daniela — sugeriu. — Os dois vão pegando intimidade outra vez.

— A Daniela hoje descansa em paz em Waikiki.

— Lastimável! Mas... Que Deus a tenha. Não deixa de ser um bom lugar pra passar a eternidade.

— O paraíso das pranchas.

— Ah, se as pranchas falassem...

— O que não diriam Bartolomeu e Daniela...

— Melhor não mexer com isso. — Gargalhou. — Vou dormir onde? Você não me disse que seu buraco era tão pequeno. Se preferir, vou pra um hotel.

— Tenho certeza de que este sofá-cama é mais confortável do que muitas pedras sobre as quais você já dormiu na vida.

— Sua mãe reclamou horrores quando eu disse que ficaria hospedado aqui.

— Ela acha que não consigo me cuidar sozinho, muito menos com você junto.

— Você é quase médico, Brones. Talvez eu esteja mais seguro aqui do que em qualquer outro lugar.

— Pode crer, Jones.

— Desde quando sua avó morreu, sua mãe tenta me levar pra morar com ela. Sabe aquele negócio de os velhos se parecerem cada vez mais com bebês?

— Ela te acha um tremendo irresponsável. Não perde oportunidade de soltar: "E o papai fica lá no Rio de Janeiro com aquele negócio de surfe e dança de salão com garotinhas trinta anos mais novas do que ele".

— O ciúme dela nunca vai acabar. Enquanto eu for capaz de ficar em pé numa prancha, vou morar sozinho.

— Ela tentou me segurar em casa também, mas eu precisava seguir a vida com minhas próprias pernas, ou melhor, com minha própria perna.

— A propósito, deixa eu dar uma olhada nelas.

Aproximei-me, ergui as barras da bermuda. Ele levou os óculos para a ponta do nariz e franziu a testa, esquadrinhando em silêncio cada centímetro das minhas coxas.

— Vira — pediu.

Fiquei de costas, ele seguiu percorrendo as fronteiras do mapa-múndi.

— Foi mesmo feia a coisa — diagnosticou e apertou os lábios. — E essa prótese aí, é boa?

— A melhor do mercado. Alumínio e fibra de carbono.

— Ótimo. — Ele deu batidinhas na prótese com o nó do dedo médio. — Dá boa sustentação em cima da prancha?

— Sim... É.. — Pigarreei. — É bem firme.

— O que temos pra brindar ao reencontro?

— Suco de caju.

Ele estacou, ficou alguns segundos de boca aberta.

— Bom, se é o que tem, é o que nos resta. Vamos brindar com suco às nossas vidas independentes. Depois a gente sai pra tomar uns drinques de gente grande.

Servi dois copos e me sentei ao lado dele. — Senti saudade de você, Jones.

— Desculpa não ter vindo antes. Não queria ver meu neto todo estropiado e deprimido. Quando decidiu colocar a prótese e voltar a ter vida normal, senti que era hora. Nada melhor do que comemorar um médico na família.

— Você é parte importante nessa trajetória. E vou ser o orador da turma na colação de grau.

— Vou só pra ouvir seu discurso, porque não existe nada mais chato no mundo que colação de grau. Eu quero, mesmo, é festa.

— Somos dois.

— Então, me conta mais aí da menina do suco de caju.

Impressionante como ele pescava as coisas no ar.

— Hum, é uma amiga. Vai se formar comigo.

— Bonita?

— E isso importa?

— Mulheres bonitas costumam trazer problemas.

— A Micaela é especial.

Ele estalou o dedo, apontou para mim e disse a frase que eu já esperava:

— Mulher pra casar.

— Envolver-se com amigas é sempre complicado.

— *Bullshit, man*! Um dos grandes desafios da vida é provar que as teorias estão erradas.

Fiquei pensando sobre aquilo.

— Sabe, quando recebi a notícia de que você tinha sido mordido por um tubarão no Havaí, não acreditei. No Rocky Point? Muita falta de sorte, Brones. Eu devo ter surfado umas quinze temporadas do circuito lá e só vi sereias.

— Fui — fiz sinal de aspas — "premiado". Que sorte a minha...

— O importante é que você está aqui e vamos descer umas ondas juntos.

— Ah, Jones, desisti do surfe. Não tenho mais a pegada. Nunca disse isto a ninguém, mas tenho medo de surfar. — Suspirei. — Meu negócio agora é medicina.

— Lembre-se da velha frase: o mar cria ilusões, as ondas as questões e o surfe, as respostas.

— As respostas que procuro podem não estar no surfe. Não consigo acreditar que venho passando por tudo isso por causa dele e nele mesmo vou encontrar o sentido.

— É como aquele mantra da sua mãe, por conta dos anjos lá dela: que venha serenidade para aceitar o que não puder modificar, coragem para modificar o que puder e sabedoria pra diferenciar um do outro.

— A frase que ela colou na porta do meu quarto, quando abandonei as competições...

— Então tenha coragem pra voltar a fazer o que mais ama, porque isso aí é só uma limitação, não é uma sentença final. Sabedoria você tem de sobra.

— Será?

Brindamos.

— Fala aí o discurso da colação de grau. — Ele se estirou no sofá.

— Só escrevi a primeira linha: "Caros formandos, caros pais, prezados componentes da mesa".

— Começo original. — Ele riu e completou: — O negócio não é amanhã?

— Vou de improviso.

— Corajoso.

— É como no mar: a onda vem e a gente precisa decidir na hora como vai enfrentar.

— Vai tirar de letra. Amanhã não terá nenhum maldito tubarão pra atrapalhar suas manobras, pode crer.

— Pode crer. Nenhum maldito tubarão, Jones.

25

O discurso saiu melhor do que eu imaginara. Meus pais, minha irmã, os amigos do peito e meu avô, cada um ali sabia de minha luta e torcia por mim muito mais do que qualquer desconhecido pudesse imaginar. Falei das angústias e sonhos relacionados à medicina e anunciei, do púlpito, que optara pela especialidade de ortopedia e traumatologia. Contei que a experiência com a amputação havia trazido a realidade que a frieza dos livros nunca fora capaz de me passar. Falei sobre a sensação de precisar depositar minha vida nas mãos de um médico e da importância de cada um dos que se formavam ali. Finalizei com a história da pequenina Gabi e dos cinquenta centavos para eu comprar uma vida nova. Em meio aos aplausos, sorrisos e lágrimas da plateia, encerrei o discurso levantando o amuleto que nunca mais havia saído do meu pescoço.

26

A festa estava abarrotada de gente. Quando entrei no salão com minha família, o aperto no coração veio forte. Quantas festas, viagens, congressos estudantis, bebedeiras e noites sem dormir ficavam para trás? Quantas provas, seminários, artigos, trabalhos e ainda mais noites sem dormir ficavam para trás? A festa de formatura era o rito de passagem. A comissão escolhera uma decoração em castanho: maturidade; e dourado: inteligência. Àquela altura, não sei se já éramos suficientemente maduros e inteligentes, mas era o mínimo que deveríamos aparentar. Corri os olhos pela festa, localizei quase todo mundo. Sobre as mesas, uísque oito anos, salgadinhos, frios e frutas. Micaela ainda não havia chegado. Instalamo-nos, meu avô foi dançar com minha irmã os *standards* que a banda tocava. Cumprimentei os familiares dos amigos mais chegados, dancei um pouco. Juntei-me ao Dante, à Karina e a outros amigos numa roda. Brindamos ao momento, relembramos histórias. Abraçamo-nos como nunca havíamos feito durante todo o curso, em meio àquela sensação de amizade eterna.

Meia hora depois, a surpresa. Vestido vermelho decotado, fenda na lateral da saia, sapato de salto também vermelho, joia no tornozelo. O cabelo solto pelas costas e a maquiagem completavam o quadro. Imagem perfeita. Ela se aproximou de mim, com passos firmes, parecendo certa de que a festa ficara em suspenso para apreciar o desfile.

— Lindo demais com este terno cinza e este ar de homem sério.

— Você também está ótima — respondi, levantando o copo de uísque em sua direção.

— Senti saudade.

— Que bom.

— Por que eu não disse isso antes?

— Talvez por ter achado que eu não servia pra você.

— Hoje sei que serve.

— Toda história sempre deixa algo de bom. Não guardo rancor.

— Fui uma idiota, confesso.

— Sou obrigado a concordar, mas passou.

— Você não sente saudade de mim?

— Não, Ana. Infelizmente, acabou pra sempre no Réveillon passado.

— Ainda te reconquisto.

A Gostosona do Direito deu as costas e foi para a mesa de quem era convidada.

Ao dirigir o olhar para minha mesa, encontrei, enfim, a razão de ter ido àquela festa e por quem havia esperado desde quando pisara no salão. Vestido prateado decotado, salto alto, colar, a pequena franja negra presa por duas fivelas na lateral e, daquela única vez, sem os inseparáveis óculos escondendo os olhos azuis.

— Agora, sim, a noite está completa.

— Obrigada pelo convite, de verdade.

— Isso aqui é seu também. — Falei em seu ouvido: — Você está linda de morrer.

Micaela baixou os olhos. Mordeu o lábio. Subiu o rosto e sorriu, vermelha, como se não acreditasse em minhas palavras.

— Olha a Micaela aí, gente! Parabéns, doutora — gritou Dante e deu um abraço demorado nela.

— Oi, doutor. Parabéns pra nós todos. Cadê a outra integrante da *famiglia*?

— A Karina está espetacular, preciso vigiá-la. Não quero concorrência hoje. — Ele olhou de lado, sorriso cínico.

— Sempre achei que vocês dois podiam ficar juntos — confessou Micaela.

— Opa, pelo visto temos aqui informações privilegiadas. — Dante ficou levantando e abaixando as sobrancelhas.

— A Kakau já me falou de você, mas te mato se contar a ela que passei a informação. — Micaela fechou o punho e cerrou os dentes.

Dante gargalhou, molhou os dedos com a língua e passou na franja. Virou-se e foi atrás de Karina.

— Ouvi dizer que seu discurso, ontem, foi tocante — retomou ela.

— O tocante, mesmo, foi você não ter aparecido na própria colação de grau.

— Você sabe: o coquetel, minha mãe...

Apresentei Micaela para meus pais, Flávia, meu avô e os amigos da mesa. Logo ela engatou uma conversa com minha irmã e tudo seguiu como manda o *script*: música, dança, telão com vídeos de fotos constrangedoras dos eventos ao longo do curso, comida e bebida sem parar. Então, o vocalista da banda anunciou as valsas. Primeiro, a dos padrinhos. Flávia foi comigo e, como não havia um padrinho para Micaela, pedi para meu avô fazer o papel e tirá-la para dançar. Na sequência, a valsa dos pais. Neste momento, vi Micaela se dirigir ao banheiro. Acho que não queria passar pelo constrangimento de não ter os pais ali. Por fim, a valsa dos namorados. Saí rapidamente em direção aos banheiros, só havia uma pessoa no salão com quem eu desejava dançar.

O Danúbio Azul entrou e, sem que me fosse dada chance de reação, uma mão apertou a minha por trás, a outra me puxou pela cintura. Quando caí em mim, lá estava eu valsando na pista. Alguns poucos compassos depois, falei:

— Ana, chega.

Ela me encarou, puxou minha nuca e me deu um beijo. Afastei a boca e fuzilei-a com o olhar. Tomado pela raiva, e sem qualquer constrangimento por deixá-la sozinha no meio da pista, voltei para minha mesa.

— Você viu a Micaela? — perguntei para a Flávia.

— Depois da cena grotesca que você e a Ana protagonizaram, duvido que ela volte. Como você aceita ficar com aquela, aquela...? Ah, nem vou falar pra não acabar com a minha noite também.

Saí andando em passos largos à procura de Micaela no meio do salão. Contornei a ilha de coquetéis, na entrada dos banheiros descrevi Micaela para uma convidada e pedi para ver se ela estava lá dentro. Voltei para a frente do palco, passei por minha mesa. Descrevi-a também ao manobrista, na entrada do salão. Quando ele me disse que ela própria havia pegado a chave e saído correndo para o estacionamento, soube que não a veria mais naquela noite. Eu não sabia, na verdade, que não a veria por um tempo muito mais longo do que poderia imaginar.

27

Quando a festa terminou, a turma decidiu assistir ao nascer do sol na praia. Tentei não ir, porém fui arrastado pelos bêbados. Minha noite já havia acabado naquela fatídica valsa.

— Tremenda cara de doente, irmão! Nem parece que agora é médico — comentou Dante.

— Cadê a Mica? — perguntou Karina, pendurada no pescoço dele.

— Precisou ir embora mais cedo.

— Uma vez nerd, sempre nerd. — Dante socou a mão e riu. — O suco de caju deve ter acabado.

— Ela tem razões muito fortes pra não beber, vocês sabem — comentei.

Todo mundo subiu as grandes pedras. Fiquei feliz por ver Dante e Karina abraçados, em meio a um longo e apaixonado beijo, com o céu já dando sinais de luz ao fundo. Sentei-me na areia e o vazio tomou conta de mim. Certeza de ter decepcionado a pessoa que mais tinha feito por mim desde o acidente. Mesmo involuntariamente, ter sido flagrado nos braços de Ana me colocava no grupo das pessoas sem amor-próprio. Cena tola, um clichê barato e patético, digno de um filme para adolescentes, cuja frase que me restava era a velha e batida "não é nada do que você tá pensando".

Eu não tinha obrigação de me justificar, óbvio. Micaela não era minha namorada, nem nada. Nunca conversamos sobre isso. Ela jamais dissera sentir amor por mim, e talvez nem sentisse mesmo. Por outro lado, eu planejara terminarmos a noite juntos, quem sabe naquela mesma praia, naquela mesma pedra, dando beijos tão ardentes quanto os de vários casais por ali. Nunca me senti tão mal. Maldisse Ana para o resto da vida, em meio a um sentimento de ódio que nunca tinha sentido.

Um pouco antes de o dia raiar, fui embora. Desviei do trajeto para casa e parei no semáforo ao lado da lanchonete do pão com linguiça, à procura do velho sem pernas. Não o encontrei. E chorei ao volante. Por ele, por mim e pelo que tinha feito com Micaela.

28

Às 6h30, gravata no bolso e paletó no ombro, entrei no apartamento e dei de cara com meu avô terminando de vestir o Neoprene. A grande barriga sob a roupa esticada tornava a cena hilária, mas eu não tinha forças para rir.

— Bom dia, Brones. Vamos surfar pra espantar os demônios?

— Não vou, Jones. — Joguei o paletó sobre o sofá e me sentei.

— O que aconteceu depois que fui embora da festa?

— Decepcionei alguém e não foi pouco.

— A magrinha do cabelo curto... A Flávia me contou.

— Porra, vô, aconteceu tudo que eu não queria. — Suspirei.

— Você não resistiu à tentação da ex-namorada, né? Compreensível, porque ela é um avião mesmo.

— A Flávia não sabe de nada. Fui pego de surpresa, não tive reação e... Ah, não tem desculpa. Foi uma merda mesmo.

— Vamos surfar e, na volta, você liga pra menina e explica o mal-entendido. Fala tudo o que tem vontade e pronto. Simples.

— Nunca contei pra você, mas... — Respirei fundo. — Jamais tentei surfar depois do acidente, nem uma única e mísera vez. Não cheguei nem perto de me equilibrar sobre uma prancha. Tenho medo, muito medo. Não consigo tirar da cabeça a cena daquela mancha escura indo embora com o sangue e um pedaço da minha perna.

— Entendo, meu filho. Mas o sangue que corre nas suas artérias é feito de água, sal, sol, ondas e manobras. Você é um lobo do mar, não pode lutar contra sua natureza. — Apontou para minha cabeça. — Aí dentro tem muita memória boa para saudar e muita memória ruim pra apagar.

— Pra me sentir completo, a magrinha do cabelo curto tinha que estar aqui.

— Mas isso, agora, não depende mais de você. Aprenda uma coisa: insistir em controlar o que está no outro é um passo firme em direção à frustração.

— Mais frustrado que já estou é impossível.

Ele deu um tapa na minha prótese. — Bora fugir da nuvem negra que parou dentro deste apartamento. Comece hoje a trazer de volta os bons espíritos que aquele tubarão pensa que levou embora.

Caminhei pela sala, parei diante da janela e contemplei o céu azul. Por fim, olhei fundo nos olhos de meu avô e concordei com a cabeça.

Prendemos Bartolomeu no rack e rumamos para a Praia Mole. Estacionamos perto da areia. Em pouco tempo, meu avô já estava só com a roupa de Neoprene e rodava os braços. Continuei de bermudão e camiseta, braços cruzados.

— Saudade disso aqui, meu filho. — Ele olhava para o mar com o semblante nostálgico de quem conhecia cada centímetro daquelas areias.

— E por que não volta?

— Minha vida hoje é lá no Rio de Janeiro: os Abutres do Mar - meus amigos de barraca -, o chopinho no calçadão, a gafieira. Minha realidade é outra. Não posso morrer antes da hora.

— Amigos...

— Se eu tivesse de escolher uma única lição para a vida seria: faça e cultive amigos.

— Boa lição pra este seu neto solitário. — Apertei os lábios.

— Se você acha que magoou a menina, ligue pra ela quando voltarmos. — Meu avô pegou Bartolomeu e rumou para a água, gritando: — Vai se aquecendo aí, porque depois de mim é você.

Passei a observar suas lentas manobras sobre as marolas formadas pelo vento fraco. De certa forma, sentia-me um pouco mal por admirá-lo muito mais do que admirava meu pai. No fundo, desejava ser como ele, chegar à sua idade com tamanha vitalidade. Meu avô, um ser do mundo, do mar, da vida, da natureza. Meu pai, focado 100% no trabalho e nos problemas do escritório. Duas pessoas que eu amava, cada uma de um jeito. Mas as coisas que meu avô dizia mexiam comigo sempre de forma avassaladora. Eu precisava levar em consideração seus conselhos, procurar de novo minha essência e tentar mudar as coisas que podia. O surfe? Fundamental. Micaela? A principal delas.

Após mais de uma hora descendo as ondas, ele saiu da água.

— Tá bem, hein, Jones? — Aplaudi. — Arrebentou, tá casca grossa demais!

— Agora é sua vez.

Demorei a responder. — Não sei ainda.

— Uma perna e uma prótese deve ser a mesma técnica de duas pernas — concluiu. — Lembro-me de quando você era garoto, a gente vinha aqui e você saía correndo pro mar. Cada vez que você sumia embaixo d'água, sua mãe me perguntava: "Pai, ele não vai se afogar?".

— Quase me afoguei algumas vezes.

— E não sei? Mas escondia dela. — Ele riu.

— Tenho medo de não conseguir agora e me afogar.

— Faça o seguinte: vá até a ponta da praia e pegue uma água de coco pro velho aqui. O sal está matando minha boca e estou cansado. É o tempo de você refletir sobre entrar ou não.

Caminhei na lentidão que a prótese impunha sobre a areia fofa. Quiosque cheio, uma pequena fila havia se formado. Comprei o coco e, ao retornar, apenas Bartolomeu estava ali, fincado sozinho na areia. Olhei ao redor e nada. Estiquei o pescoço e não vi mais nosso carro estacionado. Estranhei. Percebi, então, a enorme palavra escrita na areia e em frente à prancha:

CORAGEM

Meu avô me colocara na situação em que apenas eu poderia tomar a decisão. Algo que estava em mim, não no outro. Sentei-me na areia, ao lado da prancha, estiquei as duas pernas e passei a olhá-las. Ambas máquinas imperfeitas, cada qual do seu jeito. Tentei projetar como seriam os movimentos, o tipo de apoio para ficar em pé, qual a força necessária a ser jogada na perna direita retalhada para diminuir a pressão sobre a prótese, ou a angulação para dar a firmeza de controlar a direção da prancha. E quando caísse na água, como reagir à força da correnteza ou de uma onda mais forte? Os questionamentos teóricos ajudavam a projetar, mas jamais corresponderiam à realidade traiçoeira do mar. Fixei meu olhar na palavra que já se desfazia com a espuma das ondas quebrando na areia. Tirei a camisa e o tênis direito. Soltei a prótese e desencaixei o outro tênis. Recoloquei a prótese e me levantei. Repousei Bartolomeu na horizontal, reforcei a parafina e prendi o *leash* no tornozelo. Prancha debaixo do braço, fiz a oração de comunhão com os deuses da natureza, enquanto caminhava em passos lentos até a água. Cada batida do meu coração disparado me empurrava adiante, ao tempo em que a insegurança colocava toneladas sobre meus ombros. Os enxertos da minha perna "normal" tornaram-se pesados como ferro. E os leves alumínio e fibra de carbono da outra perna, transformaram-se em aço e chumbo.

Coragem...

Posicionei Bartolomeu na linha d'água, deitei-me sobre suas costas e passei a remar em direção às pequenas ondas. Não foi difícil furá-las e em pouco tempo alcancei além da arrebentação. Permaneci sentado por um intervalo tão longo que não consegui perceber a mudança do tempo. Era como se o mundo tivesse parado de rodar, os ventos deixado de soprar, e as ondas incapazes de levantar pelo movimento de marés suspensas pela imobilidade da lua. Talvez durante aquele tempo meu coração tenha batido lento, como as batidas do surdo numa procissão em direção ao desconhecido. As pernas dentro d'água, a estranha sensação de que, na impossibilidade de enxergar o que havia embaixo, criaturas com dentes afiados me olhavam de um ângulo privilegiado e aguardavam o momento exato de atacar. Mas eu estava em Floripa, minha terra, o lugar onde me tornei gente. Do fundo da alma, sabia que nenhuma criatura haveria de incomodar. E o medo de descer as ondas foi sumindo, assim como a vontade indescritível de subir na prancha e sentir outra vez a liberdade que tinha me abandonado havia um ano.

Conferi se a prótese estava bem encaixada e remei de volta até a linha da arrebentação. *Coragem para mudar as coisas que posso. Coragem para mudar as coisas. Coragem para mudar.* A frase circulava em pensamentos desconexos, reduzindo-se ao termo que representava tudo o que eu não havia tido no último ano: *coragem*. Veio a primeira onda. Remei, ela bateu na quilha, começou a me levar. Tentei ficar em pé, mas não consegui. Caí na água, a onda me cobriu, o *leash* segurou a prancha, subi à superfície. Voltei no tempo. Ali, eu era o Bruno de 11 anos de idade, que havia aprendido os segredos do mar com milhares de tombos e quase se afogou tantas vezes, para desespero da mãe. A confiança começou a voltar. Tentei e caí não sei quantas vezes, mas só sairia da água quando descesse pelo menos uma onda.

E foi que, no meio da tarde, o céu fechou e uma forte chuva passou a bater, a praia esvaziou, as rajadas de vento colocaram na água ondas de mais ou menos dois metros. Se os deuses queriam me testar, era contra eles que eu lutaria. Poseidon, Proteu, Netuno, Zeus, todas as denominações. Imaginei-os de camarote sobre as nuvens carregadas, assistindo a um mísero ser humano desafiar suas forças. Eu já havia passado por desafios, nenhum como aquele. Ondas tão bravas quanto muitas que eu não havia dominado. A correnteza me jogava para todos os lados, me empurrava para baixo, me segurava e me soltava tal qual um brinquedo de plástico nas mãos de uma criança. Mas Bartolomeu estava lá comigo, e o espírito de meu treinador Jones Robens me trazia de volta todas as vezes em que eu afundava.

Então, após mais uma série de tombos, pela primeira vez fiquei em pé na prancha, como se voltasse aos primórdios da evolução humana e vivesse o instante a separar o último primata do primeiro homem. Eu gritava sozinho, gargalhava, meu corpo tremia de frio e emoção, furando a tempestade que teimava em tentar me dissuadir da ideia de enfrentar a fúria da natureza. Desci mais algumas ondas, cada vez com maior desenvoltura. Queria morrer ali, fazendo o que mais amava na vida.

Saí da água, a chuva não dava trégua. Peguei as roupas encharcadas e fui para debaixo de um quiosque. Torci a blusa e ali fiquei, encolhido de frio e desejando que Micaela tivesse presenciado aquele momento. Ela, que havia comprado uma prancha só para me fazer voltar a surfar; que havia cobrado que eu erguesse a cabeça e olhasse além do horizonte; a primeira a acreditar em que eu poderia voltar a perceber meu valor.

Fui embora tão logo a chuva deu trégua, com Bartolomeu dentro do ônibus e a sensação de que minha vida recomeçara outra vez naquela tarde.

29

Cheguei no apartamento já de noite. Acendi as luzes.

— Jones, você não vai acreditar no que... Jones? — gritei.

A visita de meu avô havia sido reduzida a um bilhete sobre a mesa: *Não disse que você conseguiria e voltaria outro? Você sabe, não gosto de despedidas. O Bartolomeu agora é seu. Presente para o novo médico da família. Cuide bem dele, que já rodou o mundo e agora vai descansar em um refúgio merecido: a vida de meu neto. Espero você qualquer dia destes no Rio para surfarmos juntos. Agora, só falta ligar para a magrinha do cabelo curto e dizer a ela tudo o que está dentro do seu coração. Fique com Deus. Jones.*

Sentei-me no sofá e peguei o celular. Desnecessário temer a situação, eu não tinha feito nada de forma voluntária. Digitei o número, deu caixa postal. Tentei mais uma vez, sem sucesso. Mandei, por fim, uma mensagem no WhatsApp e um solitário e-mail, ambos com a mesma frase: *Preciso falar com você.*

Exausto, com o corpo doendo pelo esforço de um dia na água, dormi ali mesmo.

Treze horas se passaram, um sono que me fez acordar ainda mais cansado. Micaela não tinha lido a mensagem, tampouco respondido o e-mail. Telefonei mais uma vez e nada. Disquei para Karina.

— Oi, Bruno.

— Como você tá?

— Ótima, encantada, com medo, confusa e nas nuvens.

— Você e o Dante... Esta *famiglia* nunca mais vai ser a mesma.

— Tem muita água pra rolar ainda. Vou curtir e o tempo dirá.

— Tá certíssima em pensar assim.

— E você, me conta. Do jeito que saiu morto-vivo da praia ontem de manhã, fiquei com medo de você nem conseguir chegar em casa.

— Sobrevivi por fora, mas tô na UTI por dentro. Quero perguntar uma coisa.

— Já sei sobre quem é.

— Você falou com ela?

— E não foi pouco.

— E como ela está?

— Decepcionada.

— Comigo?

— Com quem mais poderia ser? Foi pro Rio de Janeiro ontem mesmo, passar uns dias com o pai.

— Não acredito!

— Concordo, tem muita coisa quase impossível de acreditar — ironizou.

— O que ela disse sobre o...? Bom, você sabe...

— Quer mesmo que eu diga?

— Tudo.

— Que você é um covarde. Sentiu nojo por vê-lo nos braços da Ana, depois de você ter sido pisado, chutado e cuspido no Réveillon passado.

— Mas eu não... Olha, foi involuntário.

— Admito, a Ana estava linda na festa. E daí já viu, né? Qualquer mulher se sentiria mal, ainda mais uma menina que se diz invisível.

— Mas ela nunca disse que me amava.

— Ei, não ponha palavras na minha boca! Também não entendi o que você e a Ana fizeram e, como sua amiga, minha vontade é de te esganar. Mas cada um reage de uma forma.

— O que você acha que a Micaela sente por mim?

— Quem tem de dizer é ela.

— Mas eu... Ela... Nós nunca...

— A pergunta que você precisa se fazer é: o que *você* sente por ela?

— Não sei.

— Claro que sabe, deixa de ser tonto! Se gosta dela, encontre o melhor momento pra revelar.

Suspirei. — Pelo visto, este não é o momento.

— Você saberá quando ele chegar.

30

Minhas tentativas de ligação foram malsucedidas, optei por nunca deixar recado na caixa postal de Micaela. Restou apenas aquele curto e-mail de quatro palavras sem resposta. Mas o ano terminou e junto veio a esperança de reencontrá-la em Florianópolis, quando ela voltasse do Rio. Quem sabe convencê-la a me escutar, a entender minhas razões e a considerar o fato de que, em relação à Ana, eu era mais vítima do que culpado.

Soube pela Karina, entretanto, que Micaela havia conseguido a residência médica em São Paulo. Estivera em Florianópolis por poucos dias, arrumara as coisas e rumara para a capital paulista sem deixar vestígios. De tal forma que me enchi de serenidade para aceitar o que não podia modificar. Tempo ao tempo, era o que eu precisava dar.

Passei numa prova concorrida e me tornei um dos primeiros no recém-criado programa de residência médica em ortopedia e traumatologia do Hospital Universitário. Três anos de estudos pela frente. A teoria era ensinada em reuniões semanais, discussões de casos, seminários, *workshops*, análise crítica de artigos científicos e incentivos à pesquisa clínica. Nada assustador. A cada dia eu me tornava mais confiante. A missão escolhida na medicina, após o acidente e desde que encontrei a pequena Gabi naquela festa, era também algo que eu adorava fazer.

Em um ano e meio, assumi de forma não oficial a coordenação da ala de ortopedia infantil do hospital. A falta de pessoal foi decisiva para me convocarem cada vez mais a prestar assistência na reabilitação dos pequenos, que me chamavam de "Homem de Ferro", em referência à minha perna de mentira. O tempo de permanência de cada criança ali não era longo. Às vezes dez, quinze dias. Outras, até seis meses. Prazo para a recuperação de toda ou parte da funcionalidade do membro lesionado, após um acidente de maior ou menor gravidade. As crianças apareciam, transformavam minha vida e iam embora. Marcelinhos, Paulinhas, Joãozinhos, Carolzinhas. Cada pequeno, com seu olhar inocente e cheio de medo, plantava em mim o desafio de ajudar e me abria oportunidades de aprender um pouco mais. Em meio a exames, procedimentos e cirurgias, aprendi piadas, montei performances, criei quatro ou cinco vozes diferentes para contar histórias. Inventei jogos e brincadeiras, com o tema da dificuldade que virava uma poderosa arma de alegria. Residência médica em resiliência e autoconhecimento.

Karina me dava notícias de Micaela. As duas se falavam com frequência e eu apenas perguntava se estava tudo bem, sem entrar em detalhes. Os noventa por cento coração e os dez por cento razão trocaram de posição durante aquele tempo. Dante e a Karina, apaixonados, seguravam o laço que mantinha ainda viva a possibilidade de um dia a *famiglia* se reunir outra vez.

O surfe voltou a ditar o ritmo da minha vida. Comecei a participar de competições para surfistas adaptados. Ganhava algumas, perdia a maioria. Vencer não era mais o foco. Como jamais pudera prever, encontrei muito mais prazer no esporte do que quando tinha as duas pernas.

Criei um canal onde divulgava o calendário das competições para adaptados, realizava entrevistas com ortopedistas, psicólogos, esportistas, técnicos e fãs do esporte. Postava matérias coletadas e traduzidas dos diversos veículos de divulgação do surfe. Subia fotos e vídeos das melhores manobras de adaptados ao redor do mundo. Uma forma de contribuir com a inclusão de pessoas que, como eu, perderam o rumo da vida na fração de segundo de um acidente. Tentei oferecer aos outros a mesma "luz no fim do tubo", que eu recebera da pessoa mais importante da minha vida desde o acidente.

Fiquei com algumas meninas em noites vazias nos bares, festas e competições. Ou com a figura indefinível da "amiga da amiga da amiga", sempre alguém perfeito para mim aos olhos da última amiga da fila. Mulheres que, por vezes, terminaram a noite na minha cama, para começarem o dia seguinte em meio à minha completa falta de empolgação em levar a história adiante. Ou mulheres que, quando descobriam minha deficiência, inventavam desculpa e davam no pé. Situações que não me constrangiam, apesar de tudo. Apenas Karina e Dante sabiam de quem eu gostava. Como dizia ele, sempre que tocávamos no assunto: a nerd do suco de caju.

31

Muito tempo seguiu, até que num domingo acordei cedo para surfar com o Guga. Enquanto arrumava as coisas na mochila e ajustava os parafusos da prótese, liguei o computador para conferir os e-mails, dar uma olhada nas câmeras ao vivo na Joaquina e fazer uma postagem com o boletim sobre as condições do tempo e das ondas nas principais praias da ilha. E quase não consegui acreditar quando li a resposta à mensagem enviada mais de dois anos antes: *Também preciso falar com você.*

Respondi com uma pergunta simples: *O que você sugere?*

Vamos surfar, ela enviou na hora.

Liguei para o Guga e cancelei a *trip*.

— Tá tudo bem, irmão?

— Acho que, a partir de hoje, vai voltar a ficar.

Olhando pelas frestas da persiana e aguardando Micaela, eu me via na situação inversa à de quando ela havia me esperado no aeroporto. Ali, eu não segurava faixa, não havia comiseração, palavras de incentivo a serem ditas, tampouco uma pessoa a quem me apresentar.

Tão logo o carro despontou na esquina, desci com a mochila e Bartolomeu. Micaela saiu do carro. Encostei a prancha na lateral do veículo e nos abraçamos. Eu não planejara dizer nada, e acho que ela também não. O abraço foi muito longo, silencioso e forte.

— Não diga nada ainda, por favor — sussurrou Micaela.

— Posso perguntar só uma coisa?

Ela piscou os grandes olhos por trás dos óculos, concordou com a cabeça.

— Você trouxe parafina pra água quente ou fria?

— Pra muito gelada — sorriu.

Prendemos no rack a prancha dela sobre Bartolomeu e rumamos para a praia do Matadeiro – no sul da ilha –, conversando sobre surfe, como se fosse a coisa mais natural do mundo e eu não precisasse esclarecer a maldita valsa dos namorados. Estacionamos, Micaela colocou a mochila nas costas, puxou a prancha, colocou-a debaixo do braço e ficou me olhando.

Fiz o mesmo, com bem mais dificuldade. — Quem diria que um dia perguntei se você aguentava segurar a prancha.

— O mundo dá voltas, e não são poucas. — Ela sorriu. — Meu primeiro professor de surfe era muito bom. Nunca me esqueci da minha primeira vez.

Após uma pequena trilha, o paraíso se abriu. Surfamos ondas muito boas, e a qualidade das manobras dela me deixou boquiaberto. Batidas, *cut backs*, rasgadas, cavadas, *laybacks*, todos com segurança e propriedade. O mesmo cabelo curtinho, os mesmos óculos, a mesma voz e o mesmo sorriso, mas uma Micaela totalmente diferente.

— Tô impressionado com seu surfe — eu disse ao sairmos da água.

— Passei quase todos meus fins de semana no litoral de São Paulo. Quando batia sexta-feira, pegava a prancha e descia a serra pro Guarujá, Ubatuba ou São Sebastião. E pra quem não queria surfar nunca mais, você também tá impressionando.

— Como você sabia que eu tinha voltado a surfar?

— Sou seguidora do melhor canal sobre surfe na internet. — Ela piscou e sorriu.

Fincamos as pranchas na areia, Micaela correu até o bar mais próximo com a mochila. Desencaixei a prótese. Em pouco tempo, ela voltou de biquíni e segurando dois cocos. Seu corpo estava definido, com os músculos dos braços e das pernas ressaltados.

— O surfe te fez muito bem, sou obrigado a dizer.

Ela ruborizou, como fazia quando nos conhecemos. E não respondeu.

Deitamos as costas na areia. Após alguns minutos, ainda sem olhar para ela, finalmente quebrei o gelo:

— Por que você não atendeu minhas ligações?

— Por que você insistiu tanto pra eu ir à festa de formatura? — retrucou, quase sem me dar tempo de concluir minha pergunta.

— Por que você fugiu no meio dela?

— Por que você ficou com a Ana?

— Por que isso te incomodaria, se tivesse sido verdade?

— Por que você nega essa verdade?

— Por que você decidiu responder meu e-mail depois de tanto tempo? Por que voltou a Floripa?

Enfim, ela cedeu.

— Porque era hora de voltar — e seguiu atropelando as palavras: — Minha mãe teve uma recaída muito forte e decidi enfrentar o problema dela com ela. Porque aqui é meu lugar. Porque aprendi finalmente a me valorizar.

— E por que acha que a pessoa que você era antes não tinha valor?

— Será que porque ninguém nunca tinha se preocupado em me dizer que eu significava alguma coisa?

— A opinião dos outros vale tanto assim pra você?

— Pra quem sempre foi o homem mais desejado da faculdade, com uma família perfeita e um futuro brilhante, é difícil compreender o tanto que a opinião dos outros pode machucar.

— Talvez eu não seja mais esse sujeito vazio que você conhecia, porque sua opinião sobre mim tem, sim, uma importância de um tamanho que nunca vou conseguir medir. Você acreditou mesmo que fiquei com a Ana?

— Acreditei naquilo que meus olhos viram.

— E se dissesse a você que, sim, ela me beijou? E se também dissesse que não significou absolutamente nada?

— Ainda assim, te chamaria de covarde, porque se deixou levar pelo desejo por uma mulher que te tratou como um ninguém. Você provou pensar igual a todos: o importante é a aparência da pessoa.

Virei a cabeça e a encarei. — A mulher mais linda da festa era você.

— Ah, tá bom. — Ela continuava olhando para cima.

— Não voltei com a Ana, se é o que ficou parecendo.

— Disso sei. Foi a única coisa que perguntei sobre você pra Kakau.

— Então você já sabia que não fui o fraco que você imaginava. E por que não quis mais falar comigo?

Ela começou a chorar. — Bruno, sumi porque precisava *me* entender, não entender *você*.

— E eu não poderia ajudá-la a *se* entender, já que *você* me ajudou a eu *me* entender quando me tornei um alei... Quando me acidentei?

Ela não respondeu, apenas sentou-se, abraçou as pernas e passou a olhar em direção ao mar. Com as costas da mão, enxugava as lágrimas.

Sentei-me também.

— Eu precisava aprender sozinha, na marra e tomando muita porrada na cara, que cada pessoa tem algo inexplicavelmente bom e único pra oferecer. Uma coisa que, por mais que muita gente duvide, vai encantar alguém uma hora. Não sou mais invisível, faço o que tô a fim sem esperar um olhar torto dos outros. Dane-se o que pensam de mim.

— Queria pedir uma coisa — retomei. — Promete nunca mais sumir da minha vida? Você é a pessoa mais legal que já conheci. Sempre me senti protegido na sua presença, e esses dois anos foram muito duros por não ter você aqui.

Ela, então, abraçou-me forte. E não disse mais nada.

32

Micaela transferiu aqueles últimos seis meses de residência médica também para o Hospital Universitário, para tentar ajudar na recaída violenta da mãe. O álcool como causa e efeito de uma depressão cada vez mais inacessível, um ciclo interminável que tentava drenar as forças de Micaela e sugá-la para o interior de uma dinâmica que não deveria lhe dizer respeito. Era para ser uma fase de sonhos, de organização de planos profissionais e pessoais, da seleção dentre inúmeras possibilidades para um futuro fascinante. Mas lá estava ela, ainda lutando para quebrar o cordão que a mãe insistia em manter preso ao seu próprio umbigo. As duas se mudaram para um apartamento próximo ao meu, numa rua próxima ao hospital. A mãe internou-se em uma clínica. A situação não deixava a leveza e a serenidade voltarem ao rosto de Micaela, mas era inegável que ela faria mesmo de tudo para mudar aquilo. A vaga no Instituto do Coração em São Paulo, grande sonho profissional de sua vida, poderia sair já no início do ano seguinte e, se isso acontecesse, a mudança seria definitiva. Por isso, ela encarava aqueles como os últimos seis meses possíveis de encontrar alternativas de consertar os erros da mãe. Para mim, meus últimos seis meses de convivência diária com ela, já que minha vida profissional não teria lugar em São Paulo. E eu aproveitaria cada segundo.

A retomada da *famiglia* foi inevitável e urgente, como todos queríamos. Encontramo-nos todas as semanas para almoçar, festejar ou apenas um café de fim de tarde. Era a forma de revivermos um passado não tão distante e que ninguém queria relegar ao fundo da memória.

Chegamos, então, ao fim de nossas residências médicas. Em pouco tempo, cada um dos quatro seguiria o próprio rumo. Por sugestão do Dante, durante um almoço num meio da semana, decidimos outra vez subir para o chalé na Serra do Rio do Rastro.

— Qual vai ser o cardápio? — perguntei.

— Yakisoba — Micaela sugeriu.

— Deixa que compro os ingredientes — completei.

— Não se esqueça da acelga.

— Levo o saquê. — Dante levantou a mão.

— O sorvete napolitano é por minha conta — Karina finalizou.

Levantamos os copos, olhamo-nos e dissemos, juntos:

— Noventa por cento coração, dez por cento razão.

PARTE 3
me perdoe

33

Pela segunda vez na vida, eu abria os olhos imerso em uma tragédia. Eu só vagamente me lembrava de nós quatro dançando, comendo yakisoba, jogando verdade ou consequência, da pergunta *Qual a curva?* e do vulto de um carro em alta velocidade em nossa direção. Notei que estava em um quarto do mesmo Hospital Universitário onde eu terminava minha residência. No canto, minha irmã e meu pai com o semblante destruído. Ao lado da cama, minha mãe com um terço na mão e o rosto inchado e vermelho.

— Não acredito que tô fazendo isso com vocês de novo — murmurei, entre lágrimas. — Por favor, deixem que dessa vez eu resolva sozinho. Por favor.

— Quantas vezes eu te ver assim, vai ser a quantidade das vezes em que vou estar na beira de uma cama pra cuidar de você, meu filho — disse minha mãe, acariciando meus cabelos.

O intensivista tentou ser otimista:

— Você está bem, Bruno, vai se recuperar.

Tentei levantar da maca e a dor absurda espalhada por cada osso de meu corpo me jogou de volta.

— Cadê meus amigos?

Ele me olhou, tocou a mão no meu ombro e me fez deitar. Parecia que todas as minhas articulações haviam sido retorcidas para o lado oposto. Olhei para o chão ao lado e vi a prótese destruída e jogada no canto.

— Puta que o pariu! — O choro explodiu.

— Você precisa descansar.

— Quero saber dos meus amigos, agora!

— Calma, Bruno, tudo ao seu tempo.

— CADÊ, PORRA? Você sabe que sou médico e não me venha com desculpa. — Tentei, sem sucesso, segurá-lo pelo jaleco.

— Olha só, é melhor você se acalmar. Vai ficar tudo bem. Preciso lhe dizer que nem todo mundo sobreviveu e não há nada a fazer agora, a não ser você se cuidar porque...

— O quê? Quem...? — Tentei me levantar, mas o efeito de tantos remédios me deixou sem reação.

34

Passei em claro a noite daquele domingo, sem acreditar no que havia acontecido. *Qual a curva?* A resposta, tardia, já não tinha mais a menor importância e vinha na forma de uma tragédia traduzida em um número. Um, de nós três, jamais voltaria. Se outrora consideramo-nos quatro páginas em branco de um romance com potencial de ter cem capítulos, agora uma delas nunca mais teria chance de abrigar personagem, palavras, frases, parágrafos, pontos de virada e sonhos.

O Parque Jardim da Paz, um dos cemitérios da ilha em Florianópolis, guardava o silencio a velar a eternidade dos tantos que ali repousavam. Fui um dos primeiros a chegar à capela, pouco depois das sete da manhã. Parentes, amigos e colegas da faculdade, os que passaram a noite velando o corpo, cumprimentaram-me com olhares de pena. Os que não me conheciam, com olhares de repulsa. Não me espantei, talvez aquela fosse a reação natural diante de um fiapo de pessoa com escoriações por todo o corpo e a cara inchada, além de uma perna pela metade e a outra retalhada. *Azar o dele, pelo menos não sou eu, deve gastar a vida em cachaça, fazer o quê?*

Em passos lentos, novamente de muletas, aproximei-me e pousei a mão sobre a tampa de madeira do caixão lacrado. Impressão de o lugar ter subitamente reverenciado aquele silêncio, em respeito à dor de quem havia presenciado tudo até o último instante. Ao fundo, uma beata começou a entoar um pai nosso melodioso e agudo, mas não acompanhei. Outra vez, questionei os desígnios e a injustiça sobre quem não merecia.

Chorei como poucas vezes, não conseguia acreditar. No chalé, dois dias antes, éramos invencíveis. Saí da capela, não cumprimentei ninguém. Precisava voltar ao hospital e saber sobre a cirurgia que começara havia menos de uma hora. Dante, se vivo, entenderia que Micaela precisava de mim naquele momento. Em sua imensa generosidade, ele também faria o impossível por qualquer integrante da *famiglia*. No táxi, olhar perdido na janela, senti a cabeça rodar como se as capotadas da caminhonete ainda girassem meu corpo no sentido contrário ao da Terra. Vomitei no chão do carro, para desespero do motorista. Paguei em dobro a corrida, junto a um pedido de desculpas.

A recomendação médica era eu voltar ao quarto para me submeter a uma bateria de exames que poderia revelar riscos invisíveis. Mas meu corpo podia esperar, eu mesmo me coloquei no fim da fila, importância zero diante do risco da cirurgia que acontecia exatamente naquele instante. Com o crachá de residente e acesso a todas as áreas do hospital, fui para a antessala de cirurgia, onde os alunos do último ano costumavam acompanhar as intervenções dos médicos. Sob um lençol estava Micaela, sedada e apenas com o rosto de fora. Seis neurologistas, anestesistas e assistentes, ao redor de seu frágil corpo, realizavam a operação que eu sabia delicada e de altíssimo risco. Uma craniotomia retirou um retalho ósseo de seu crânio e, após algum tempo, pude ver os médicos removerem do cérebro de Micaela um pedaço de metal fino parecido com uma agulha. Conversaram, olharam para a peça em direção à forte luz e a colocaram dentro de um saquinho, como a evidência de um crime a ser posteriormente desvendado.

Estavam ali havia duas horas, e, pela complexidade daquele tipo de intervenção, ainda ficariam mais quatro ou cinco. Telefonei para Karina:

— Você está no enterro?

— Não tive coragem — balbuciou. — Não quero a imagem de um caixão fechado como última lembrança dele.

— Como você tá, minha amiga?

Ela começou a chorar. E eu repeti as palavras de meu pai no Havaí:

— Kakau, você tá viva. Tem coisa mais importante?

— Não tenho nem forças pra agradecer a sorte de sair ilesa do acidente. Porque meu amor foi embora, e quando seu amor vai embora, isso passa, sim, a ser a coisa mais importante.

A resposta dela veio como um soco no meio do peito. Micaela, o amor da minha vida, equilibrava-se entre a vida e a morte, e, caso a cirurgia não fosse bem-sucedida, certamente meu sentimento seria o mesmo de Karina. Soltei as palavras óbvias que a gente diz em momentos como aquele:

— Você vai aguentar, sim, porque o importante é o que ele deixou de bom aqui dentro da gente. Ele era um exemplo de generosidade, empatia, alegria e de como viver a vida de forma digna.

— Mas não é justo, Bruno — ela soluçava entre as palavras. — Por que os bons sempre morrem mais cedo?

— Não entendo os planos do além, se é que existe alguém planejando alguma coisa. Talvez para os exemplos serem aproveitados por quem ainda tem tempo? Não importa agora. O que nos resta é imaginar o Dante em algum lugar muito bom, e este lugar muito bom é a saudade dentro de cada um dos membros da *famiglia*.

— Por mim, a *famiglia* deixou de existir hoje.

— E você acha que é isso que o Dante desejaria?

— Mas não faz mais sentido. Não sabemos nem se a Micaela vai sobreviver.

— Vamos combinar uma coisa: se ela sobreviver, e vai, a gente continua com a *famiglia*. A Micaela vai precisar de nós dois mais do que tudo nesta vida.

Desligamos e o peso nos ombros, o cansaço e a dor pelo acidente me derrubaram na cama.

Quando acordei, o relógio da parede indicava uma da tarde. Fui para a ala da cirurgia. O cheiro ainda forte dos anestésicos e alguns aparelhos ligados indicavam que a operação havia recém-terminado. Entrei na sala e vi o prontuário no escaninho da parede. A figura de um crânio e alguns locais pintados de vermelho chamaram minha atenção. O garrancho do neurologista trazia "Lesão craniana por objeto perfurante. Investigar danos na matéria cerebral do giro fusiforme. Induzir coma".

Então reparei, dentro do saco pendurado junto ao prontuário, o pequeno pedaço de metal retirado da cabeça de Micaela. Pela cor e textura do material, reconheci de pronto.

Meu coração disparou.

Era fibra de carbono.

35

Desci para a UTI. Dali, alguns saíam para a vida, outros para nunca mais. Na antessala da unidade, uma mulher gritava, esperneava, queria invadir a Unidade. Dois enfermeiros tentavam argumentar que ela deveria se acalmar, porque havia muitos pacientes ali, todos com parentes na mesma situação. Percebi quem era. O cheiro do álcool e a aparência de uma bela mulher de feições desgastadas não deixavam dúvidas.

— Deixa comigo, pessoal. — Toquei no ombro de um dos enfermeiros.

— Doutor, esta senhora já passou dos limites — o mais forte deles falou comigo.

— Tá tranquilo, vai ficar tudo bem.

— Não vai, não. Preciso ver minha filha — gritou a senhora.

— Calma, vamos conversar.

Conduzi-a até uma sala no fim do corredor e fechei a porta. Encostei as muletas na mesa e me sentei. Ofereci a outra cadeira para ela.

— Dona Graça, sou o Bruno, amigo da Micaela. Sou médico e um dos que estavam com ela no carro.

— Pelo amor de Deus, Bruno. Traga ela pra mim do jeito que sempre foi. — Ela passou a chorar.

O enfermeiro trouxe água com açúcar, que ela bebeu com mãos trêmulas.

— Quero minha filhinha. Se ela morrer não sei o que vai ser.

— Em primeiro lugar, ela não vai morrer.

— Como você sabe?

— O hospital tem ótimos profissionais e eu te garanto que ela já está fora de perigo. O coma induzido é uma precaução.

— Ela está em coma? — gritou e voltou a chorar.

— Coma induzido é uma sedação. Pra ela se recuperar tranquila.

— E quando ela sair vai voltar a ter uma vida normal?

— Não sei ainda, mas faremos de tudo pra que tenha. Agora, mais do que nunca, ela vai precisar muito da senhora.

— Ela sempre contou comigo.

— Dona Graça. — Respirei fundo. — A senhora sabe muito bem o que estou querendo dizer.

Ela baixou os olhos vermelhos e disse, de forma quase inaudível:

— Faço qualquer coisa pra ela ficar bem.

— Um dia a Micaela me disse a mesma coisa, que faria qualquer coisa pra ajudar a senhora. E sou testemunha do esforço descomunal dela. Agora, a pergunta é: o que a senhora fará de verdade por sua filha, por mais difícil e dolorido que seja? De quanto está disposta a abrir mão?

A mãe silenciou e outra vez baixou os olhos.

36

A nova prótese comprada emergencialmente ainda não tinha chegado, mas voltar a andar de muletas era o menor dos meus problemas. Após a bateria de exames, que não apontou nada sério comigo, pude me concentrar em duas coisas realmente relevantes: Micaela e a criançada que precisava de mim. A sedação em Micaela servia para estabilizar o quadro, diminuir a dor física, controlar a ansiedade e realizar os procedimentos de forma segura. Conversei muito com os neurologistas do hospital e o quadro era grave. *Você sabe muito bem que tipo de consequências podem aparecer por lesões desta natureza*, disseram-me. Na verdade, eu não sabia muito bem. Neurologia não era minha área, mas tinha feito algumas matérias na faculdade e sabia mais ou menos o significado daquilo. De tal forma que, durante o tempo em que Micaela ficou na UTI, fiz o mesmo que ela, quando perdi a perna: estudei o máximo para entender as coisas pelas quais ela poderia passar. O metal retirado do cérebro havia atingido uma região muito sensível, e a forma como ela acordaria era uma incógnita. Tudo não passara de uma infeliz e trágica fatalidade, mas o fato de um pedaço de mim ter invadido o cérebro dela me fez assumir parte da culpa.

Algumas noites depois, cheguei no hospital carregando uma sacola. Fui direto à UTI. O relógio marcava 23 horas e o silêncio da Unidade só era quebrado pelo som dos aparelhos. Ainda conectada a um ventilador mecânico, Micaela aparentava serenidade. Os hematomas começando a desaparecer em seu rosto ainda inchado anunciavam a beleza outrora escondida por ela mesma. Sentei-me ao seu lado, segurei sua mão e, após algum sucesso em controlar por dias a força descomunal que me empurrava para baixo a cada segundo, desabei. Com a boca encostada no colchão, chorei baixinho como fiz quando voltei do Havaí, trancado sozinho num quarto da casa de meus pais.

— Eu sei, você não me ouve agora —sussurrei. — Mas preciso dizer o que *você* fez, ao longo destes quase quatro anos, pra *me* trazer de volta à vida. Eu era um quebra-cabeças de 10.000 peças espalhadas pelo infinito e, com sua ajuda, vim me remontando. Saiba que cheguei até aqui com 9.999 peças encaixadas, e falta apenas uma pra eu voltar a ser eu: essa peça é você. Sabe, Mica, um dia a Kakau me disse que eu encontraria o melhor momento pra lhe dizer o que sinto. E... Este é o melhor momento? De jeito nenhum, nem de longe, mas já tenho medo de ser tarde demais. Caramba, por que sempre esperamos acontecer algo muito ruim pra só então tomarmos as atitudes? Não sei se você esperava o que aconteceu naquela noite no chalé, também nem sei se você sentiu o mesmo que eu. Mas, sabe, minha vontade de te beijar vinha de muito tempo, você não faz ideia o tanto. Não revelei isso antes por medo de você achar muita viagem, dizer que amigos não servem pra ter histórias de amor. — Sorri e enxuguei as lágrimas. — Bom, de certa forma você me disse isso, sim, lá no chalé. Mas acho que nossa história já era de amor desde aquele dia no aeroporto. Você sempre me protegeu, e é impressionante como isso é forte pra mim. E tudo o que *eu* puder fazer pra trazer *você* de volta, saiba que vou fazer.

Da sacola tirei a escultura de porcelana dos três anjos e a coloquei-a na mesinha próxima ao leito. Deixei uma peça de quebra-cabeças na base da escultura e fui embora.

37

Na volta para casa, passei na ortopedia, na sala com os oito leitos onde as crianças se recuperavam, para conferir se tudo estava em ordem. A madrugada deixava o lugar silencioso, e apenas se ouvia, ao longe, uma ou outra conversa entre enfermeiros, além do gemido de algum paciente.

Pelo grande vidro, notei um dos oito leitos com a luz da cabeceira acesa. Fui até lá e sussurrei:

— Ei, Belinha, não tá conseguindo dormir?

— Minha perna tá doendo, tio.

— A enfermeira trouxe o remédio da noite?

Ela concordou com a cabeça. Levantei o lençol e toquei na fina perna recém-operada para a colocação de pinos, após um grave acidente de bicicleta.

— Dói aqui? — Encostei com suavidade e ainda assim ela apertou os olhos.

Fiz alguns movimentos e massagens lentos, dei outra dose do analgésico.

— Vai ficar tudo bem, Belinha. Você precisa relaxar, viu? Logo você vai ter alta e precisa chegar em casa bem descansada.

— Tio, seu olho tá vermelho. Você tava chorando?

— Um pouquinho, mas não conta pra ninguém. Segredo só nosso.

Coloquei as muletas de lado e me sentei ao pé da cama.

— Aconteceu alguma coisa? Eu vou morrer? — ela quis saber.

— Nada, você vai sair daqui andando melhor do que entrou. É só porque um anjo tá dormindo e eu queria que ele acordasse.

— Os anjos dormem?

— São os maiores dorminhocos. É muita gente pra ajudar e eles ficam cansados.

— E como é esse anjo?

— É uma anja. A anja surfista e pintora.

— Sério?

— Muito sério — sussurrei, olhando de lado. — Ela protege os surfistas e os pintores. Só quem é surfista ou pintor consegue ver.

— Eu sou pintora, sempre faço desenhos.

— E não conheço seus ótimos desenhos? Por isso, um dia você vai ver esta anja.

— Um dia vou ser surfista que nem você, tio.

— Ah, queria que todos os meus amigos aqui virassem surfistas.

— Se minha perna ficar boa, você me ensina?

— Claro! E agora é bom a senhorita dormir.

— Vou rezar pra anja acordar.

— Ela vai adorar saber disso, pode acreditar.

38

Micaela abriu os olhos dois dias depois.

Tão logo soube que ela havia sido transferida para a unidade de terapia semi-intensiva, e em mais dois dias estaria no quarto, telefonei para Karina:

— Tô ligando pra dizer que a *famiglia* não vai acabar.

E ela chorou comigo ao telefone.

39

Com autorização da direção do hospital, preparei uma recepção para o momento em que Micaela entrasse no quarto. A história mais uma vez se repetia com papéis trocados. Se um dia ela havia organizado uma festa na faculdade para meu primeiro dia sem uma perna, agora era minha vez de retribuir. Comprei salgadinhos e garrafas de suco de caju, preguei balões na parede. A equipe médica, os amigos do hospital e Karina apareceram. Assinamos um cartão com mensagens de apoio. Mandei confeccionar uma pequena faixa escrita "Força, Campeã".

Quando ela chegou, empurrada na maca, aplaudimos e assobiamos. Entretanto ela não esboçou qualquer reação. Não falou nada, apenas olhou desconfiada para todos à sua volta, olhar morto, expressão debilitada e cansada. Parecia navegar num mundo diferente, só seu. No meio daquele evento, que poderia ser chamado de qualquer coisa, menos de comemoração, tive a certeza de que eu deveria fazer por ela dez vezes mais do que ela havia feito por mim, e tentar colocar novas cores em uma vida que renascia cinza. Preferi me afastar. Inventei que precisava resolver um caso urgente na ortopedia infantil e saí sem falar ainda com ela.

40

Os neurologistas começaram naquela mesma tarde a bateria de exames em Micaela. Assim que saíram os primeiros resultados, o neurologista-chefe me chamou num consultório do hospital. O negatoscópio na parede tinha uma tomografia cerebral inserida.

— Bruno, você tem tido cuidado especial com a Micaela. Por isso, quero mostrar uma coisa.

Ele detalhou o quadro clínico. Em relação ao comprometimento de funções motoras ela estava a salvo. O problema: o pequeno pedaço da minha prótese atingira a área do lobo occipital do cérebro.

— Acredito que a medicina perderá uma anestesista brilhante — foram suas palavras.

— Ela não vai mais conseguir?

— É complicado, Bruno. De repente, até conseguiria. Mas acredito em que o Conselho de Medicina não vai aprovar a ideia de manter o registro de alguém assim.

— Seja mais específico.

— Ela parece ter desenvolvido algum grau de prosopagnosia.

— Você quer dizer que ela não vai mais reconhecer o rosto de ninguém?

— Todo mundo viu como ela chegou ao quarto, o jeito que nos olhava. Não sabemos ainda a profundidade da lesão, mas o comprometimento parece ter sido grande e apenas exames mais específicos trarão um diagnóstico mais confiável.

Ao receber aquela notícia, comecei prontamente a me preparar para superar algo muito maior e violento do que qualquer tubarão que a natureza pudesse colocar em meu caminho.

41

Os pais de Micaela foram chamados para uma conversa. Eu já atuava no caso como amigo da família e fui convidado a participar.

— Dona Graça, Seu Jorge, a Micaela vai ficar bem — o neurologista-chefe começou a falar. — A recuperação dela tem sido melhor do que a maioria dos casos por aqui. Vocês têm uma filha muito forte, a evolução do quadro indica isso.

— Então ela vai sair sem problema nenhum? — perguntou o pai.

— Não temos garantias ainda sobre quais sequelas ela pode ter desenvolvido. Mas, pelas análises preliminares do local atingido pelo metal e da leitura dos exames que temos, ela voltará com algum grau de prosopagnosia.

— Dá pra falar em português claro, por favor? — interveio a mãe, visivelmente nervosa.

— Dona Graça — pedi a palavra — Sendo bem claro e direto, existe uma área no cérebro responsável pelo reconhecimento de rostos. Foi justamente a área atingida no cérebro da Micaela. Isso significa que ela, não sabemos a que medida ainda, pode não mais reconhecer o rosto das pessoas. Nos casos mais simples, como acontece com muita gente acometida por este distúrbio, a pessoa não se lembra de alguém distante. Nos casos mais complexos, a pessoa pode, inclusive, não reconhecer o próprio rosto no espelho.

— Vocês precisarão ser fortes para ajudá-la. Ela poderá ter uma vida normal — concluiu o neurologista-chefe.

— Como alguém que não reconhece o rosto de ninguém pode ter uma vida normal? — sussurrou a mãe.

— Dona Graça, as áreas do cérebro responsáveis por reconhecer e identificar rostos são diferentes, e isso é uma boa notícia. — Segurei a mão dela. — A pessoa aos poucos vai substituindo o método de reconhecer os outros. Não mais reconhece pelos traços da face, mas pela voz, por um detalhe do corpo, pelo jeito de andar, de falar, essas coisas. É uma artimanha do cérebro.

— Não tem cura? — perguntou o pai.

— Infelizmente, não existe tratamento ou esperança de cura num futuro próximo.

— E como podemos ajudar?

— Ela já poderá voltar para casa amanhã, e vocês devem começar de imediato a ajudá-la a descobrir novas habilidades para reconhecer as pessoas. Quanto menos reconhecer, mais vai se sentir perdida e mais medo ela terá. E procurará o isolamento, uma bomba potencial para a depressão. Ninguém aqui deseja ver a Micaela triste e sozinha, certo?

Dona Graça começou a chorar, mão no rosto.

— Não tenham pena dela — reforcei. — Não é disso que ela vai precisar.

No fim da reunião, o pai bateu no meu ombro e me chamou no canto. Entregou-me um cartão com seu número de telefone. — Obrigado por tudo, Bruno. Se precisar de alguma coisa, é só me procurar.

42

Quando a prótese enfim chegou, a vida renasceu com ares de liberdade. No mesmo dia à tarde, fui até a ala infantil. Os oito leitos ocupados, as crianças acordadas. Algumas sentadas, outras deitadas. A serenidade pairava no ar, mesmo sendo aquele um local de dor e medo. E fiz como sempre fazia: dobrei a perna esquerda da calça branca acima do joelho e adentrei todo duro, com a nova perna de ferro à vista.

— Acordem, porque o Homem de Ferro voltou! — gritei com voz grossa e batendo palmas.

Os sorrisos sempre apareciam.

— Tio, por que você não tem a máscara do Homem de Ferro também?

— Quem disse que não tenho? Eu só uso quando estou combatendo gente ruim, o que não é o caso aqui.

— Tio, você consegue jogar aquele raio com a mão?

— Claro! Mas, de novo, isso só contra os vilões que querem conquistar o planeta.

— Tio, você conhece o Hulk?

As perguntas iam ficando cada vez mais difíceis de responder.

— Não só o Hulk, mas o Surfista Prateado também.

— Quem é o Surfista Prateado?

— Não conhecem o Surfista Prateado? Ih, vocês estão por fora. É o melhor de todos.

— Por que ele é o melhor de todos?

— Porque ele é surfista. E porque é prateado.

— Tio, vem aqui — Belinha pediu e piscou para mim. Fui até ela, que fez uma concha com as mãos e sussurrou no meu ouvido: — Vamos desenhar? Daí, como eles vão ser pintores, você conta aquele segredo sobre a anja. Aquela dos pintores. Dos surfistas.

— Ótima ideia.

Distribuí folhas e canetinhas. Bati palmas para pedir atenção. — Quero que vocês façam desenhos pra uma anja.

— Minha mãe falou que anjos existem, mas a gente não pode ver — gritou o do leito mais ao fundo.

— Sua mãe tem razão, só podemos sentir. Mas essa anja é diferente. Todo pintor ou surfista pode ver.

Eles arregalaram os olhos. Continuei:

— Como vocês vão virar pintores agora, ela vai aparecer algum dia.

— E como ela é, tio?

— É muito linda. Mas, ao contrário de todos aqui, ela não consegue entender o rosto de ninguém.

— Como assim? — perguntou Belinha.

— É como se o rosto de todo mundo fosse uma tela branca.

— E como ela sabe quem tá na frente? — uma voz fina saiu do leito três.

— Ela identifica a pessoa pelo coração.

— Por quê? — dois ou três perguntaram juntos.

— Porque ela sabe que o importante não é a aparência das pessoas. Não é o que cada um tem por fora, mas o que tem por dentro. Ela diz, e com razão, que a gente não pode gostar de alguém só porque o outro é bonito por fora. Não importa se a pessoa tem o cabelo grande, se é careca, tem o nariz torto, orelhas pra fora, se é baixinho, muito alto, se tem só um braço, uma perna, se manca, não consegue correr ou está numa cadeira de rodas. Se a pessoa é legal, então ela é perfeita. Que nem todos nós aqui dentro desta sala, não é mesmo?

— Sim! — concordaram todos, aos gritos.

Cada um fez seu desenho. Bonecos, casas, flores, paisagens, rabiscos indefinidos. O de Belinha tinha um mar azul e um surfista prateado sobre uma onda. Acima dele, pairava uma menina de asas e auréola.

43

Minha vida no hospital nunca mais seria a mesma. Sem a companhia diária de Micaela, o encanto parecia ter ido embora. Para ela, aquelas paredes representariam, a partir de agora, o lugar onde viria se tratar, e não mais tratar os outros. Precisou largar a residência médica e não se sabia ainda se teria condições de atuar na área. O louvor com que tinha se formado e toda a experiência acumulada na residência não resistiriam aos problemas surgidos da inabilidade em reconhecer as pessoas de quem deveria cuidar. Minha vida fora do hospital também mudou, os dias voltaram a durar uma eternidade. Para Micaela, representava um recomeço. Involuntariamente, a promessa de que faria qualquer coisa para a mãe se ajeitar tornou-se realidade. Dona Graça abandonou a bebida e abraçou a causa da filha. O "tratamento" viera na forma de um carro pegando a frente esquerda de uma caminhonete descendo a serra. *Nem um gole a mais, desde aquele dia no hospital*, confidenciou-me dona Graça. Passou a cuidar da filha com uma devoção religiosa, em meio às tormentas físicas e psicológicas postas diariamente à mesa pela abstinência. *Só por hoje*, a lição diária.

Decidi não visitar Micaela de início. Ela precisava conhecer novamente a mãe, alguém que não mais falava mole, não mais cheirava a álcool e mudara do vinho para a água em poucas semanas. Que agora, finalmente, comportava-se como mãe.

Eu recebia notícias por mensagens de Dona Graça, com a evolução do quadro: *ela já se senta; já conversa normalmente; continua aérea; não está comendo nada; me reconhece quando ouve minha voz; está começando a recordar tudo; sinto-a insegura; chora por não saber quem está nas fotos; não está fácil; vai se recuperar, se Deus quiser*. Pedi para ela sugerir à Micaela se aproximar de Karina, que também tivera uma perda duríssima. Com a autorização concedida para uma visita, passei algumas orientações:

— Ela não vai reconhecer você de primeira, Kakau. Digo, ela não saberá quem estará ali. Por isso, vá com alguma roupa sua que ela conheça, coloque um perfume que você sempre usa. Isso vai ajudar.

— Ela vai saber quem eu sou?

— Vai, mesmo porque sua voz não mudou. Ela só não reconhece o rosto, e isso é muito duro. Ela está no processo inicial de começar a fazer as associações.

— Você vai comigo?

— Preciso pensar em como chegar. Quero voltar à vida dela com calma, de uma vez por todas.

— E se ela perguntar por você?

— Diga que estou torcendo por ela e vou encontrá-la em breve.

Desligamos e disquei outro número.

— Brones!

— Jones Robens.

— Que bons ventos o trazem?

— Tem espaço na sua agenda neste fim de semana? Vamos surfar?

Em seguida, digitei no celular uma mensagem para outra pessoa: *Posso te fazer uma visita no sábado?*

44

Meu avô me apanhou no Santos Dumont e rumamos para a praia de São Conrado. Eu não estava tão interessado em ondas aquele dia, para dizer a verdade. Queria apenas lavar a alma com meu avô, contar o que tinha acontecido, tranquilizá-lo e mostrar que estava bem após o acidente. Fugir de Florianópolis, ver outro cenário, relaxar a mente e pegar alguns conselhos em meio a cervejas geladas.

Almoçamos qualquer coisa na praia mesmo e no fim da tarde fomos embora, levando camarões frescos para o jantar. Tomei o táxi para o endereço escrito no papel anotado dentro da carteira, a poucas quadras do apartamento do meu avô. O prédio era antigo, com grades de ferro na entrada e elevador dos anos 1970 ou menos. Mas o fato de ser um por andar, à beira da praia de Ipanema, deveria torná-lo objeto de desejo de muita gente. Fui recebido com o abraço de um pai que não vê o filho há anos.

— O que você fez para salvar minha filha não tem preço. — Ele pousou a mão em meu ombro.

— É que o senhor não faz ideia do tanto que a Micaela fez por mim.

Conversamos um pouco sobre o estado dela, sobre a recuperação lenta da vida e sobre as dificuldades que apareceriam com o tempo.

— O que trouxe você de tão longe, Bruno?

— Seu Jorge, acredito que a recuperação da Micaela passe pela pintura. Um dia ela me disse que o único quadro que restou está na parede deste apartamento. Vim para ver o quadro.

Passei a caminhar pelo recinto espaçoso e com poucos móveis. Algumas pinturas mais realistas e de cores mais fortes, outras abstratas e de natureza-morta. Na parede próxima à janela, um quadro azulado e de pinceladas curtas e inclinadas trazia uma paisagem só revelada a quem a olhasse de longe. Sobressaía-se um sol na intenção da lua da Noite Estrelada, de Van Gogh. Micaela era mesmo muito boa.

Seu Jorge chegou ao meu lado.

— Bruno, ela disse a você que só tinha um quadro, né? Mas, na verdade, há outro. Não o pendurei porque ela não terminou. Disse faltar alguma coisa que não conseguia identificar e não deu por finalizado.

— Posso ver?

Ele me levou ao quarto do fundo. Acendeu a luz e, ao centro do recinto, um lençol cobria um cavalete, diante de um banco alto em madeira. Retirou o lençol e então meu coração disparou.

— Quando ela pintou?

— No Réveillon que passou comigo há uns dois anos. Ela não parecia feliz, passou dias trancada em casa só cuidando deste quadro.

A tela era um surfista dentro do tubo de uma onda cuidadosamente trabalhada nos traços da espuma, da água e das gotas pulando. O ponto de vista vinha como se houvesse uma câmera posicionada atrás do surfista de cabelo amarrado. As pinceladas conferiam um movimento sinuoso, a mão direita tocava a água e a esquerda segurava a lateral da prancha. A angulação do corpo era perfeita, uma riqueza impressionante vinda de alguém que, à época, não sabia nada sobre surfe. Ao fundo, uma praia vazia de areia bem branca. E um pequeno detalhe abaixo do joelho do surfista dava força à pintura.

O pai comentou:

— Só não entendi o motivo desta perna ser de metal.

Encarei-o, sentei-me na borda da cama e levantei a perna da calça. Seu Jorge arregalou os olhos e enfim pareceu compreender o quadro que ela pintara logo após nossa festa de formatura e que dormira por dois anos em sua casa.

45

Retornei a Florianópolis certo de ser o momento de voltar a fazer parte da vida de Micaela. Karina, entretanto, foi direta:

— Vá com calma, Bruno. A coisa é muito mais feia do que a gente podia imaginar. Está acontecendo uma coisa que ela esconde da mãe e só contou para mim.

— Ela não reconhece o próprio rosto...

Nazaré, Mavericks, Teahupoo, Cyclops, as mais mortais ondas gigantes do mundo. Nenhuma delas faria pressão mais violenta sobre meu corpo do que aquela notícia. Tentei imaginar a dor de Micaela. Que sentimentos invadiriam seu peito, ao passar batom e lápis de olho em alguém que, diante do espelho, não retornava ao cérebro uma imagem conhecida? Quanto tempo ela demoraria para aceitar que deveria reapresentar-se a cada nascer do sol? Deitei-me na cama e, assumindo a responsabilidade por ter cuspido em sua cabeça um pedaço fino da prótese de metal, encolhi-me como um indigente. Reparei no espelho o tanto que eu andava magro, as olheiras que as poucas horas de sono dos últimos tempos imprimiram ao redor de meu olhar e as cicatrizes do acidente na serra impressas ainda em minha testa. Eu era aquele velho caído na esquina da lanchonete.

— Você se transformou num aleijado coitado, Bruno — balbuciei. — A porra de um aleijado coitado.

Melhor não permanecer ali, caminhando de olhos vendados à beira de um precipício. Saí de carro vagando pela cidade, sem rumo, cansado da sequência de pedras que caíam no meu caminho. Passei, como sempre, diante da lanchonete do pão com linguiça. Daquela vez, próximo à entrada havia um amontoado de cobertores cobrindo o volume de uma meia-pessoa.

Estacionei do outro lado da esquina e atravessei. Cheguei sem jeito e levantei a coberta. O mesmo velho olhar misturado por solidão, súplica e medo, de quatro anos antes, penetrou minha alma. As coxas tinham escaras, o cheiro subiu forte, cheiro de velhice, de carne podre.

— Desculpa, senhor, eu saio daqui — disse ele.

— Não, eu vim pedir perdão.

O velho me encarou e se arrastou com os dois cotos até se encostar ao muro. Eu não conseguiria jamais explicar-lhe o que eu havia pensado a respeito dele naquela noite antes da minha viagem. Uma dívida que eu nunca poderia pagar. A imagem dos dois burritos amassados sob meu tênis voltou a apertar meu peito e a embrulhar meu estômago.

— O senhor já comeu este pão com linguiça alguma vez?

Ele negou com a cabeça, parecendo ainda desconfiado. Entrei na lanchonete e pedi dois sanduíches e dois refrigerantes. Voltei e me sentei ao seu lado. Comemos em silêncio. Os clientes que entravam na lanchonete olhavam-nos com pena, mas, provavelmente, jamais chegariam a pensar algo tão horrível quanto *Azar o deles, pelo menos não sou eu, devem gastar a esmola em cachaça, fazer o quê?*

— Meu nome é Bruno, qual o nome do senhor?

— Jonas. — A voz saiu quase num sussurro.

— Muito prazer, seu Jonas. Eu... — Suspirei e demorei a conseguir continuar. — Eu sei que o senhor não sabe quem eu sou. Mas eu faço parte de um pedaço da sociedade que acha que o senhor é invisível, e quero que o senhor saiba que isso pode ser diferente. Ninguém é invisível coisa nenhuma, viu?

O olhar dele seguia como o de quem não compreendia o que eu tentava explicar. Natural, eu estava tão perdido quanto ele.

— O senhor já tentou colocar próteses?

— Não senhor.

Levantei as barras da minha calça e mostrei a ele minhas pernas. — Eu queria ajudá-lo. Sou médico ortopedista.

Ele me encarou novamente, seus olhos brilharam. Lágrimas passaram a correr por seu rosto. Lágrimas que dispensariam qualquer comentário, mas ele seguiu:

— Ninguém nunca fez nada por mim.

— Pois eu estou aqui para retribuir o que o senhor já fez por mim, mesmo sem saber.

Comprei mais dois sanduíches para viagem, busquei meu carro e ajudei Jonas a subir. Passamos em uma farmácia, comprei remédios para tratamento das feridas. Deixei-o em seu barraco, numa localidade da periferia que, por medo, eu nunca me imaginara entrando. A filha abriu a porta de madeira, arregalou os olhos, talvez jamais esperasse ver seu pai voltando para casa daquela forma, naquele horário. Dei a eles todo o dinheiro que eu tinha na carteira e combinamos de no dia seguinte eu levá-lo ao hospital, para examinar o que restava de suas pernas e começar a providenciar as próteses. Eu não sabia o quanto de transformação eu estava proporcionando àquela família, mas tinha muita certeza de que, ao sair da frente daquela humilde casa, eu já não era mais o mesmo Bruno.

PARTE 4
sou grato

46

Alguns dias depois, telefonei para Dona Graça e obtive permissão para visitar Micaela no sábado seguinte.

— Aviso a ela que você vem?

— Não. Que seja surpresa.

Sábado à tarde, cheguei na hora combinada, levando um buquê de rosas. Dona Graça abriu a porta e Micaela, sentada no sofá, assistia à televisão. Os cabelos escorriam pelos ombros. Sobre a cômoda na entrada estava a escultura dos três anjos que eu havia deixado ao lado de seu leito na UTI.

— Filha, visita pra você — falou a mãe num tom suave.

Micaela se virou, fitou-me por alguns segundos. Levantou-se com dificuldade e chegou perto de mim com o semblante desconfiado.

— Olá — disse ela.

Não consegui dizer nada, e nem no mais dedicado ensaio poderia imaginar tamanho constrangimento. Aguardei para ver se ela notava minha presença. Estendi a mão e entreguei as flores. Ela segurou-as e sorriu.

— Obrigada. — Esboçou um sorriso frágil.

— Voltei pra aprender com você a ser de novo noventa por cento coração e dez por cento razão.

Ela franziu a testa e me encarou. Uma lágrima solitária escorreu por seu rosto. Após segundos intermináveis, ela balançou a cabeça. — Vai embora, por favor.

— Mas...

Micaela baixou a voz, pousou as mãos sobre o rosto e sussurrou, chorando:

— Vai embora, Bruno, por favor.

Não entendi sua reação. Insegurança? Medo? Vergonha? Impotência diante da realidade inescapável de sua condição? Arrastei-me em direção ao meu prédio como um zumbi, cruzando pessoas que desviavam para não serem atingidas por mim. Então passei diante de uma loja de bugigangas de R$ 1,99 e, no canto, um manequim vestido com uma jaqueta azul e brilhante de mágico, uma cartola e um nariz de palhaço chamou minha atenção. Detive-me. Um ilusionista era no que eu precisava me transformar, para tentar reverter a ordem das coisas? O vidro da loja se tornou espelho e não reconheci meu rosto. Eu me tornara invisível aos olhos de Micaela. Ela, que tanto sofrera pela indiferença das pessoas. Que desenvolvera a arte da invisibilidade como escudo. Que agora não me enxergava mais. Pois se fosse necessário me transformar em dois, três, centenas de Brunos, tudo para deixar de ser invisível para ela, assim eu faria. O nariz de palhaço tornou-se, pelo reflexo do vidro, meu próprio nariz. Se o pequeno detalhe que mudava a fisionomia pudesse também mudar o espírito, eu teria como me tornar outro Bruno? Um palhaço da vida, capaz ainda de rir e fazer rir?

Entrei na loja e pedi para a atendente:

— A cartola que encolhe, a varinha, a caixa de mágica e o nariz vermelho.

O acidente mudara as coisas, não era eu quem teria de reconquistar Micaela. A tarefa não cabia a ninguém senão a ela, em restabelecer o significado de cada pessoa do "passado anterior àquele fatídico fim de semana no chalé". A recuperação passava pelo fator tempo. Lembrei-me das palavras da própria Micaela, quando debatemos a loucura de Van Gogh: *os mistérios do cérebro humano, que ninguém jamais desvendará. Uma ligação falha e o mundo da pessoa se torna outro*. O fato é que o mundo dela poderia voltaria a ser quase o mesmo, caso ela aceitasse que, a partir dali, rostos seriam telas em branco; que as tintas seriam o som da voz; os pincéis, o perfume; a paleta, o jeito de andar; o cavalete, os trejeitos. Ela precisaria desenhar as pessoas na mente. Agora era hora de desenvolver a arte da invisibilidade para os outros, não mais para si própria.

A partir dali, meu único aliado seria a paciência.

47

Mergulhei de cabeça na conclusão da residência médica, a cada dia assumindo novas funções e desafios, e participando de cirurgias como auxiliar. *Nada substitui a prática*, dizem. A adaptação de Jonas foi melhor do que eu imaginava. O hospital forneceu as próteses e fiquei a cargo de sua recuperação. Em seu silêncio tímido, o velho me dava pequenas e valiosas lições sobre recomeço para a vida e renascimento para a sociedade. Cada pequeno passo uma vitória que ele comemorava com um sorriso. Para mim, um "pagamento" muito mais valioso do que qualquer *consulta feita, consulta paga*, num consultório frio. Assistir a uma pessoa caminhando novamente, após duas décadas se arrastando pelas ruas, tornava-se também minha própria vitória, como médico e ser humano.

Minha fonte de informações sobre Micaela continuava a ser Karina, que se reaproximou de forma consistente. Trocávamos mensagens diariamente. Micaela já se sentia um pouco mais segura e arriscava algumas saídas de casa, sempre acompanhada da mãe ou da amiga.

— Ela perguntou por mim, Kakau? — eu sempre queria saber.

— Perguntou como você está.

— Ela não quer me ver?

— Arrisco-me a dizer que você é a pessoa mais importante da vida dela. E o trauma de te olhar e não identificar seu rosto é maior do que com qualquer outra pessoa, talvez até com ela mesma. Não está nada fácil.

Eu precisava pensar num jeito de furar o bloqueio, mas a psicóloga da equipe do hospital me orientou a aguardar que ela própria me procurasse quando se sentisse segura.

A comemoração dos aniversariantes do mês na ortopedia tinha sempre a intenção de ajudar a diminuir o sofrimento das crianças, lembrando-as de que aquele lugar poderia abrigar alegria além de dor. Eu vinha treinando mágicas havia poucas semanas. Coisas bobas, mas com potencial de encantar a molecada. Aprendi truques básicos com cartas, flores que surgiam do nada, lenços que tirava da orelha e não tinham mais tamanho.

Aquele seria um dia especial, minha estreia oficial como mágico. A criançada estava ansiosa. Nada de coelhos e pombos, a direção do hospital recomendou. Preparei um show básico e, tomado pela ansiedade e nervosismo, encarei os holofotes. Em meio a balões, salgadinhos, refrigerantes e um bolo, "O Incrível Doutor B" entrou. Entre aplausos estridentes das crianças em seus leitos, enfermeiras, auxiliares e médicos, fiz meu show vestindo fraque, cartola e nariz de palhaço. A cada número eu tentava incluir alguma criança e trazer questões da realidade dura do hospital, a ser resolvida com o auxílio da mágica da alegria. Admito, não fui lá nenhum Copperfield, mas a vantagem de fazer mágicas para crianças é que mesmo quando a coisa sai errada a gente tem como desviar a atenção e retomar o show. Entre cartas que escaparam da manga em momentos impróprios e bolinhas que não apareceram quando deveriam, o show seguia com sucesso.

A ortopedia infantil não comportava mais ninguém, e algumas pessoas vinham pelo corredor e paravam para acompanhar o show através do grande vidro. Não era possível ouvirem nada, mas era nítido que também se divertiam. Até que, na preparação do truque final, quando a flor surgiria de dentro das minhas mãos vazias, vi Micaela no meio das pessoas lá fora. Ela me olhava, olhos fixos. Talvez estivesse no hospital para uma consulta ou exame de rotina e a curiosidade retivera seus passos. Parei entre os leitos e pedi silêncio, no que fui atendido. Pedi para todos se afastarem, dizendo que o truque era complicado. O clímax do show. Mostrei minhas mãos vazias para todo mundo. Respirei fundo, movi os dedos, estalei o pescoço e parti. Caminhei em passos rápidos na direção do vidro entre a sala e o corredor e, num movimento ágil de jogada de ombro, uma rosa vermelha surgiu do nada na minha mão. Aplausos efusivos. Ofereci a flor para Micaela, pelo vidro que separava nossos corpos e olhares. E ela abriu aquele sorriso que eu nunca esquecera como era belo. Não sorria para mim, mas para alguém de fraque, cartola e nariz de palhaço. Ela sabia que eu cuidava daquelas crianças, mas parecia crer que aquele ali era mesmo um mágico contratado para a festa.

O sucesso do espetáculo fez a direção do hospital me convidar a apresentá-lo outras vezes. Não mais apenas para as crianças, mas para outros internados e visitantes, numa grande sala improvisada como teatro. Minha nova "atividade profissional" passaria a ser o cabo de aço que amarraria duas pontas: a tristeza, que teimava em querer aparecer a todo instante, e a imensa satisfação por colocar sorrisos nos rostos de cada um que sofria naquele hospital.

48

— A Micaela quer falar com você — revelou-me Karina semanas depois.

— O que a fez mudar de ideia?

— Nada seria capaz de fazê-la mudar de ideia, a não ser algo dentro dela mesma. Não perguntei o motivo, isso pouco importa. Só me pediu para te perguntar se você quer.

— O quanto antes.

— Ela quer pelo telefone primeiro.

— Entendo.

— Anota o novo número dela.

Passei a tarde pensando no que dizer, até decidir não preparar nada. Histórias antigas pareciam não fazer sentido ali, afinal de contas, aquilo tudo era mesmo um recomeço.

— Oi, Mica.

O silêncio se fez, mas eu esperaria a eternidade ele ser quebrado por ela.

— Desculpa ter sumido — respondeu, num volume quase inaudível e tentando disfarçar a voz embargada pelo choro.

— Você não sumiu, e não precisa pedir desculpas por nada.

— Sabe, muitas coisas mudaram pra mim. Umas pra melhor, outras pra muito pior.

— Acompanho tudo de você desde nosso acidente.

— A Kakau me falou.

— Lembra quando perdi a perna e você descobriu tudo sobre tudo o que se passava comigo? Agora é minha vez de retribuir. Você, mais do que ninguém, sabe que perigo e oportunidade caminham de mãos dadas nos momentos de crise.

— Mas não tenho conseguido conviver com a ideia de não mais reconhecer o rosto das pessoas. Tá difícil enxergar oportunidade em meio ao perigo quase insuportável de magoar alguém e me magoar.

— E quem me dizia que o importante não era a aparência da pessoa?

— Falei isso porque nunca imaginei que a aparência da pessoa um dia seria fundamental pra eu saber quem ela é.

— Se você quiser, eu me reapresento a você todos os dias.

Ela demorou um pouco a responder. — Ainda vamos nos encontrar, Bruno. Na melhor hora.

49

A semana passou e a hora de rever Micaela não veio. Toda manhã eu acordava com a esperança de um telefonema para marcar um encontro. Passei a ficar obcecado com o celular e, ao primeiro toque de uma ligação, eu já imaginava ouvindo a voz dela. O sentimento de pena foi algo que aprendi a não cultivar desde o Havaí, mas, ainda assim, chorei muito por Micaela sem que ninguém soubesse.

Passei o domingo sentindo-me esquisito. A dor do membro fantasma havia retornado, após longo período sem dar as caras. Tomei analgésicos e, sem sucesso, tentei dormir e esquecer que o pé inexistente doía horrores. No início da noite, já cansado de só pensar na dor e sem nada melhor para fazer, vesti o jaleco branco e fui ao hospital ver como estavam as crianças. O local guardava o silêncio e a calmaria mórbidos de madrugadas em hospitais. Passei pela recepção, cumprimentei os conhecidos e li a escala de plantão no escaninho da parede ao lado. O de sempre: clínicos gerais e enfermeiros.

Fui até a ala infantil. Dois leitos vazios, um deles que fora ocupado pela Belinha. Assim funcionava: as crianças vinham e iam, deixavam um pouco de si, levavam um pouco dali. Ninguém desejava que ficassem, claro, mas elas deixavam saudade. Os pequenos dormiam, no silêncio da penumbra. Cruzei com a enfermeira de plantão e conferi se estava tudo em ordem nos prontuários de cada um dos seis internados. Remédios ministrados, exames feitos, resultados em espera.

Caminhei no escuro, com as mãos nos bolsos, sentei-me na primeira de cinco cadeiras de plástico ao longo do frio corredor entre a ortopedia e o pronto-socorro. Encostei a cabeça na parede, fechei os olhos. O silêncio não revelava a confusão que voltaria poucas horas depois, manhã de segunda-feira, início de mais uma semana de muito trabalho. Passei a mão no amuleto em meu pescoço. Quatro anos antes, sem saber de nada a pequena Gabi tinha dado o pontapé inicial em meu caminho até ali. Quem sabe um dia, quando ela tivesse o entendimento das coisas, a gente se encontraria e eu mostraria em quem tinha me transformado por conta de uma moedinha de cinquenta centavos. Seria aquela a vida que eu escolhera, ou a que haviam escolhido para mim? Era onde eu queria estar? Onde precisava estar? Então a resposta àquelas perguntas chegou muito antes do esperado, por meio de um barulho, um grito e o choro agudo de uma criança. Pulei da cadeira e saí correndo para a entrada do pronto-socorro. Duas enfermeiras gritavam por ajuda de algum dos médicos plantonistas. Uma ambulância havia acabado de encostar e um médico da UTI móvel gritava:

— Ela está perdendo muito sangue!

Aquelas palavras foram o suficiente para eu dar um salto e chegar à beira da maca. Uma menininha de cabelos cacheados bem pretos estava desacordada. Braço direito pendurado, embolado na blusinha rasgada e ensanguentada. Torniquete, corpo imobilizado na prancha, soro na veia, colar cervical.

— O que aconteceu? — gritei.

— Acidente na Beira-Mar, colisão lateral sem cinto de segurança. A mãe tá em estado de choque, vindo pra cá com os bombeiros — o médico da UTI móvel atropelava as palavras.

— Não temos tempo. Preparem a sala de cirurgia imediatamente — ordenei, enquanto corria ao lado da maca, empurrada por um enfermeiro. — Chamem o anestesista e alguém do banco de sangue, já!

— Doutor, não tem nenhum anestesista de plantão — a enfermeira gritou, correndo ao meu lado.

Colocamos a menina na mesa de cirurgia, meu coração batia a trezentos por minuto. Ela estava sem pulso.

— Preciso de um anestesista, agora!

— Não tô conseguindo contato, doutor.

— Liga pro ortopedista, o doutor Eraldo. Ele tem que correr pra cá agora!

— O doutor Eraldo tá de férias e fora da cidade.

— Puta que o pariu! — gritei, enquanto jogava gel no desfibrilador. — Alguém me ajuda a segurar a menina, rápido!

E tomei a única decisão que poderia salvar a situação. Gritei para a enfermeira:

— Pega meu celular aqui no bolso, entra no contato *Mica* e liga, rápido. Quando ela atender, me dá o aparelho aqui.

Rasguei a blusa ensanguentada da menina e posicionei o desfibrilador. A corrente elétrica que atravessou seu peito frágil fez o corpo pular. Uma vez.

— Não tá atendendo, doutor — gritou a enfermeira.

— Tenta de novo, porra! Ela deve estar dormindo. Se vira!

Outra corrente elétrica. Nada.

— Ela já atendeu?

— Calma! — o berro da enfermeira saiu ainda mais ríspido.

A terceira corrente. O ciclo cardíaco começou a voltar, a garotinha acordou gritando de dor e se debatendo.

— Me ajuda a segurar a menina — berrei para um enfermeiro.

O celular enfim reapareceu na minha mão.

— Bruno? Que foi?

— Pelo amor de Deus, Mica, vem aqui pro hospital — minhas palavras saíam atropeladas. — Preciso de ajuda.

— O que aconteceu? — gritou ela com a voz apavorada.

— Uma menina. Ela perdeu muito sangue, o braço tá pendurado. Não tenho anestesista. Você tá muito perto daqui e só você pode me salvar.

Eu misturava as coisas. Não sabia se era para *me* salvar ou salvar a frágil vida deitada na maca e que dependia da minha habilidade como médico. Por um instante infinitesimal voltei ao hospital no Havaí. Eu salvaria aquela menina, custasse o que fosse pra custar.

— Mas...

— Por favor.

— Qual a idade dela?

— Não sei, uns 7 ou 8. No máximo 9.

— Quantos quilos ela deve ter?

— Talvez uns 30, não faço ideia.

— Pede pra prepararem 60 mg de Propofol.

— Ok. Corre.

— Em cinco minutos chego aí.

— É muito — gritei.

Mas ela já tinha desligado.

Eu nunca havia feito sozinho uma amputação, jamais estivera naquela situação antes. Nunca tinha projetado este momento na mente. Já havia participado como assistente, mas nenhuma vez como responsável e com todas as decisões nas mãos. *Quando chegar a hora você saberá agir*, o mantra dos professores.

Gritei para a enfermeira preparar o anestésico e passei a tentar estancar o sangramento. A menininha abriu os olhos.

— Qual seu nome, querida?

— Ãhn?

— Olha aqui pro tio! — gritei.

— É Rafa. Cadê minha mãe? Tá doendo, tá doendo — a voz fina vinha apavorada.

— Rafa, o tio precisa da sua ajuda, tudo bem? Sua mãe tá vindo, ela quer te ver muito forte.

Ela fechou os olhos e a cabeça pendeu para o lado.

— RAFAELA! — gritei e ela recobrou os sentidos. — Não tira os olhos do tio, não tira!

— Tio, não me deixa morrer, por favor.

— Você não vai morrer, confie em mim. Mas preciso de você aqui comigo — eu gritava e tentava me acalmar ao mesmo tempo.

Micaela chegou correndo, vestindo jaleco branco. Encaramo-nos, peguei a mão dela e desenhei meu rosto.

— Mica, sou eu aqui ao seu lado. Preciso que você confie em mim. Você sempre me protegeu, mas a ajuda que estou pedindo agora é a coisa mais importante que já te pedi.

— Tamo junto — balbuciou ela.

Pegou a seringa com o anestésico e começou a ministrá-lo. Eu já sabia que seria impossível salvar o braço da menina. A quantidade de sangue perdido, os músculos e a carne expostos, a pele dilacerada e os ossos quebrados, tudo indicava que se eu não fizesse os procedimentos corretos ela não sobreviveria. Toquei no amuleto em meu pescoço e pedi, em pensamento, a força que sabia existir ali: *Gabi, fica aqui comigo.*

— Rafa, me ajuda a te curar — pedi, olhando para o rosto da menina.

Rafa, me ajuda a te curar, tornei a pedir, agora em pensamento. A frieza que deve nortear o trabalho de qualquer médico, ainda mais em momentos críticos como aquele, ficou lá dentro das páginas dos manuais e livros. A menina só me retribuía o olhar fixo, olhos molhados que suplicavam por vida. Não falava nada, não se mexia. Até o anestésico percorrer suas veias e seus olhinhos começarem a fechar.

Micaela passou a monitorar e dois assistentes chegaram ao meu lado. Ordenei o que cada um deveria fazer, pedi os instrumentos, comecei a executar o procedimento de amputação. Meu coração batia a dez mil por hora. O assistente me ajudava, secava minha testa, colocava os instrumentos em minhas mãos. A equipe se ajustou como uma orquestra. Os sinais vitais seguiam fracos, e eu precisaria ser um maestro de movimentos rápidos e certeiros.

Enquanto realizava a cirurgia, como na mágica que eu havia aprendido para alegrar as crianças, fui invadido por palavras e sentimentos que preencheram meu corpo e guiaram minhas mãos: *Gabi, me dá a força que sempre me deu. Mica, me protege mais do que sempre me protegeu. Rafa, me ajuda a te curar.*

Eu ia cortando pele, músculos, nervos e vasos, limpando e repetindo, como um mantra: *Gabi, me dá força. Mica, me protege. Rafa, me ajuda a te curar.*

Cortei o úmero na altura do ombro. E repetia: *Gabi, Mica, Rafa... Gabi, Mica, Rafa... Gabriela, Micaela, Rafaela... Gabriela, Micaela, Rafaela.*

Comecei a suturar, o sangue parou de escorrer. *Gabriela, Micaela, Rafaela... Gabriela, Micaela, Rafaela...* Então a luz da mesa de cirurgia sobre Rafaela se tornou a mais clara que eu jamais tinha visto. E por fim entendi tudo. Gabriela, Micaela, Rafaela... Gabriel, Miguel, Rafael. Gabriel, anjo da força. Miguel, anjo da proteção. Rafael, anjo da Cura.

Força — Proteção — Cura

Apertei os lábios para tentar conter o choro que teimava em descer, fechei a pele ao redor da amputação, coloquei os tubos para drenar os líquidos. E conforme os sinais vitais de Rafaela iam se estabilizando, pela primeira vez na vida sussurrei de forma espontânea a oração que minha mãe havia tentado me fazer dizer desde a infância e que, por medo, vergonha, descrença ou convicção eu jamais dissera: "São Gabriel, glorioso anjo Fortaleza de Deus, eu vos chamo para dominar todos os males, até o fim da minha vida; São Miguel Arcanjo, glorioso Príncipe do Céu, protetor das almas, eu vos chamo para que me livres de todos os inimigos e de todo pecado; São Rafael, glorioso anjo da Saúde, eu vos chamo para que cure todas as minhas enfermidades, toda cegueira do meu corpo e da minha alma".

Rafaela, semblante sereno e ainda desacordada, estava a salvo. Uma nova vida acabava de começar para aquela frágil menina e, ali, torci para ela encontrar um anjo protetor para guiá-la, assim como tive minha nerd do suco de caju.

Micaela tocou meu ombro e olhou fundo para cada pessoa da equipe, rostos que ela não fazia ideia de como eram. E disse:

— Vocês não salvaram só a vida desta menina. Acabaram de salvar a minha também.

E foi aquele o momento em que tive plena certeza de que ela tinha voltado para mim.

50

O sol raiou. Equipe desfeita, Rafaela encaminhada para o quarto, milhares de dúvidas e questionamentos a me desorientar. Arrastei-me à cantina do hospital e pedi um café no balcão. Tal qual um longo e fino pedaço de metal a entrar e sair da minha cabeça em movimento contínuo, eu acabara de ser arrebatado por algo que jogava por terra muitas das convicções que sempre nortearam minha vida acadêmica. Independentemente das explicações racionais do que havia ocorrido naquela sala de cirurgia, o fato é que tivera a capacidade de me transformar. Senti haver algo além da habilidade pura e simples de um médico que estudou a vida toda, mas que não se preparou para ser jogado numa situação real de vida ou morte. Situação que, daquela vez, recebera um carimbo final com uma palavra: vida.

Sentei-me a uma mesa ao fundo, ao lado de outra com uma mãe e um menininho apoiado nos cotovelos e olhar triste. Algumas folhas em branco, lápis coloridos, o garoto desenhava. A atendente trouxe o café, não bebi. Passei a prestar atenção na conversa dos dois.

— Mamãe, quando o papai vai sair, pra gente ir embora pra casa?

— Não sei ainda, filho. — Ela balançou a cabeça e apertou os lábios, nitidamente segurando o choro.

— Eu tô com saudade de jogar bola com ele.

— Se Deus quiser ele vai sair logo daqui. Vamos rezar e pedir pra dar tudo certo na operação?

Eles se deram as mãos por debaixo da mesa e rezaram baixinho. Lembrei-me de como minha mãe interrompia tudo e começava a rezar a cada pequena encruzilhada de sua vida. Bateu uma saudade absurda daquilo. Virei o café e mandei uma mensagem para o celular dela: *Mãe, um dia te falei que eu voltaria se não desse certo. Mas tudo deu certo, e, por isso, quero comemorar. Tem lugar pra mim agora na mesa do café da manhã?*

O menino começou a me encarar. Retribuí com os olhos arregalados. Ele se levantou e veio com o papel e o lápis. Coçava a cabeça e olhava para o chão.

— Me dá um autógrafo?

Passado o susto, apenas sorri e escrevi no papel com uma letra pontiaguda: O Incrível Doutor B.

51

Retornei ao hospital no início da noite e fui direto ver Rafaela. A menina dormia com o semblante sereno. A mãe, ainda bastante machucada, chorava pela filha. Talvez por pena, pelo temor a respeito de como a vida seguiria, ou talvez por se culpar de ter negligenciado a segurança da menina. Toquei em seu ombro.

— Nunca deixe ninguém dizer que a Rafaela é aleijada, porque ela não é. Não sinta pena, seja forte.

— Não sei se vou conseguir, doutor.

— Vai ser difícil, mas o importante é ela estar viva. Tem coisa mais importante? Não se martirize por não ter colocado o cinto de segurança. O que aconteceu é passado. Ela vai precisar demais que a senhora e seu marido sejam, todos os dias, noventa por cento coração e dez por cento razão.

A menininha acordou e os olhos cheios de medo talvez fossem parecidos com os meus naquele leito de hospital no Havaí. Sentei-me ao lado dela.

— Você foi muito forte, Rafa. Obrigado por ter me ajudado, viu?

Rafaela não conseguia articular nenhuma palavra, ainda sonolenta pelo efeito dos remédios.

— Eu queria te dar um presente. Se você acreditar, ele vai trazer muita força pra você seguir em frente. É só você tocar nele sempre que tiver medo, tá bom?

Ela balançou a cabeça.

Então tirei do meu pescoço o amuleto da força e o coloquei em suas mãos. Ela fechou e me deu um leve sorriso.

52

Logo no dia seguinte, entrei na sala da ortopedia infantil com a perna de metal à mostra e o andar duro do Homem de Ferro. Carregava uma caixa grande.

— Vocês, aqui, são privilegiados.

— Por quê, tio? — gritou uma das crianças.

— Shhhh! — Coloquei o indicador na minha boca, olhei de lado e baixei a voz. — Porque hoje vocês vão conhecer a anja surfista e pintora. É aniversário dela e vamos fazer uma surpresa.

Eles ficaram excitados com a notícia, rindo e comentando entre si.

— O que tem na caixa? — sussurrou Rafaela.

— Um presente. Quando ela entrar, a gente canta parabéns e faz festa.

Micaela tinha acabado de sair de um exame de rotina e eu havia pedido a ela que fosse à ala infantil em dez minutos. Quando ela entrou, cantamos a plenos pulmões. Ela sorria de braços cruzados.

— Bom, pessoal. Esta aqui é a Micaela, que me ajudou a trazer a Rafa pra ficar com a gente.

As crianças arregalaram os olhos. Pareciam acreditar que ela era mesmo um anjo do tipo que frequentava as histórias de ninar.

— Pra mim? — Ela apontou para a caixa.

— Presente do Homem de Ferro e seus ajudantes.

Conforme desembrulhava o presente, lágrimas escorriam por seu rosto. Cavalete de madeira, paleta, kit de pincéis profissionais, maleta, espátula e estojo de tinta a óleo com inúmeras cores e todo o material necessário para ela voltar a pintar.

Ela colocou a mão sobre a boca e ficou balançando a cabeça.

— Tia, você é uma anja, não é? — uma voz fina veio do meio das crianças.

— Sou? — perguntou Micaela, desconfiada.

— Claro! A anja pintora e surfista — intervim e apertei a mão dela sem que os pequenos notassem.

— Ah, sim, eu sou. Quem contou pra vocês?

— O tio falou que você não consegue ver o rosto, mas o coração da pessoa. É verdade?

Os olhos dela brilharam. — É, sim, meu amiguinho. E, pelo que vejo muito bem, todo mundo aqui tem o coração lindo.

— E pra provar como sabemos que você é uma anja, toma outro presente — falei e entreguei-lhe a pasta com todos os desenhos das crianças sobre ela, a anja de cabelos negros e olhos azuis que um dia tinha salvado minha vida.

53

Tudo parecia ter voltado ao normal, mas eu ainda precisava resolver uma pendência esquecida no chalé da Serra do Rio do Rastro. A lembrança de um solitário e inesquecível beijo durante uma bela canção. Beijo cujo gosto eu jamais havia tirado da boca.

Liguei para Karina e fiz um pedido de melhores amigos. Ela topou na hora e colocaria em prática o plano. Passei, então, numa livraria e comprei uma série de livros sobre um tema que eu precisaria aprender em tempo recorde...

54

O que eu e Micaela tínhamos feito naquela madrugada no hospital foi loucura, disseram alguns médicos. Operar naquelas condições, tomando decisões baseadas muito mais no instinto do que na experiência? Se algo tivesse dado errado, certamente seríamos responsabilizados. Mas eu sabia que mais alguém tinha operado conosco. Alguém que não adiantaria mesmo dizer quem ou como era. Alguns burocratas do hospital quiseram nos penalizar. Penalizar dois estudantes que tentaram dar o melhor de si, mas que jamais negariam àquela menina o direito de sobreviver. Depois de muita discussão, análise e depoimentos dos enfermeiros, acabamos liberados da punição pedida por quem vive sentado por detrás de uma mesa e não faz ideia do que acontece num pronto-socorro. E eu precisava muito de um tempo, descansar, sumir dali, mudar de ares. Desde o acidente, a vida tinha sido intensa, e os orientadores da residência médica concordaram com um afastamento de duas semanas.

Passados alguns dias, ao voltar de uma surfada solitária de segunda-feira, na praia da Joaquina, meu celular tocou.

— Bruno, preciso contar uma coisa — o tom de voz de Micaela estava excitado. — Lembra daquela viagem que eu e a Kakau faríamos pra Europa?

— Lembro, claro.

— Tcharaaaaan.

— Tcharan o quê? — Gargalhei.

— Você vai se ver livre de nós duas por quinze dias a partir de sexta à noite.

— Sacanagem! Nem convidam.

— Sabe como é, né? Museus, pinturas, quadros...

— Sei... Se eu chamasse de desenho um quadro do Cézanne você me daria um tapa.

— Pode acreditar. — Ela gargalhou gostoso, como havia muito eu não escutava.

— E como vai ser?

— Vamos nos encontrar em Paris, no Charles de Gaulle, sábado de manhã. A Kakau cuidou de tudo e vai dois dias antes, porque precisa visitar uns amigos. Ela me pega no aeroporto e a gente corre pro Louvre no mesmo dia.

— Agora fiquei com inveja. Posso te acompanhar ao aeroporto?

— Precisa não. Minha mãe agora quer porque quer fazer tudo por mim.

— Muito bom vê-la recuperada, né?

— É outra mulher. Tá linda, precisa ver.

— Você teve a quem puxar.

— Quem não reconhece rostos sou eu, mas parece que o cego aqui é você.

— Reconheço um rosto lindo quando o vejo.

— Todo mundo sempre soube da sua fama lá na faculdade.

— O Dante dizia que eu era um monstro nesta arte.

— Eu não duvido disso. Ele era seu melhor amigo, te conhecia como ninguém.

— Saudade dele, da *famiglia*, daquela noite no chalé.

Ela ficou um pouco em silêncio e, por fim, deixou escapar:

— A melhor da minha vida.

— Da minha também.

55

Sábado seguinte. Início da manhã.
Saguão do aeroporto Charles de Gaulle, Paris.

Calça jeans enfiada na bota de couro, blusa colada preta, sobretudo bege, boina e cachecol pretos. Sozinha no espaço aberto, Micaela se apoiava na alça da mala e esperava. Quem por ali passasse jamais afirmaria que ela não era uma autêntica francesa. Pouco mais de três meses antes, aquela garota atravessara o maior desafio de sua vida. Pois lá estava ela em outro país, uma língua que não falava, um lugar onde não reconheceria ninguém, esperando por uma pessoa que conhecia e, ainda assim, não saberia quem era quando cruzasse o olhar.

Karina não apareceria, claro. Não naquela manhã, nem em hora alguma durante as próximas duas semanas. Naquele exato instante, ela estaria dormindo tranquilamente em sua cama, em Florianópolis.

— Com licença. Onde compro ingressos pro Louvre aqui no aeroporto?

Ela arregalou os olhos.

— Conheço essa voz e não tô acreditando no que tô ouvindo.

— Certa vez você me disse que acreditava naquilo que seus olhos viam. Pois dê uma chance aos seus ouvidos e acredite no que eles ouvem.

Ela parecia continuar sem acreditar.

— A Kakau tá aqui contigo?

— Não.

— Mas...

— Eu e você viemos no mesmo voo.

— Ãhn?

— Na mesma fileira, separados apenas por uma poltrona vazia. Troquei o perfume, coloquei um ridículo par de óculos escuros e soltei o cabelo, tudo pra você não me reconhecer.

— Vocês armaram tudo isso? Mas gente...

— Prometo, nenhum quadro do Cézanne será reduzido à condição de desenho e você não precisará me dar um tapa.

Micaela gargalhava, tentando tomar pé da loucura.

— Bruno, não acredito que você tá aqui.

— Se minha voz não é suficiente, veja agora...

Prendi os cabelos, peguei sua mão e passei no meu rosto. Continuei:

— E, se ainda duvida, vou mostrar uma coisa que espero que você se lembre e, daqui pra frente, faça você nunca mais se esquecer de quem eu sou.

Puxei-a pela cintura, o corpo dela colou-se ao meu. Tirei seus óculos bem devagar, afastei seus cabelos. Os enormes olhos azuis brilharam.

— Você não precisa de óculos pra me enxergar — sussurrei, com meus lábios já encostados no dela.

Envolvi seu frágil corpo em meus braços e demos nosso segundo e mais demorado beijo.

Micaela desencostou e murmurou:

— Se você me perguntar o que a gente tá fazendo, eu vou dizer que não sei e pedir pra você não me deixar parar nunca mais.

E nossas bocas se tocaram outra vez.

56

Passamos o dia no Louvre. Tempo insuficiente para conhecer tudo o que Micaela planejara. Cumpri a promessa de não perguntar onde era o bar do museu, e, de fato, não senti a menor falta de um. Deixamos a Mona Lisa por último. Quando conseguimos furar o bloqueio em frente ao quadro, Micaela me disse:

— Sei que é a Mona Lisa, mas não consigo definir o rosto dela.

— Pra ser bem sincero, você não está perdendo nada. Ela não é nem metade bonita como você.

— Blasfêmia! Isto aqui é um Leonardo.

— Podia ser até um Bruno. Sou mais você.

Ela, então, me deu o prometido tapão no braço.

Nem reclamei.

Na saída do Louvre, perguntou-me:

— Vamos dormir onde?

— Não em Paris.

— Tá louco?

— Corra, vamos pegar o TGV. — Passei a andar de costas.

— Como assim? Peraí. A gente está em Paris, o lugar mais romântico, mais espetacular, mais... Não faz isso comigo, não aqui. — Ela fingia chorar.

— Confie em mim. Você não vai se arrepender.

Os ponteiros do relógio da velha estação Gare de Lyon apontavam 19h30, quando o táxi nos deixou em frente à entrada principal. Oito minutos para a partida do trem, horário preciso e infalível. Nunca mais andando, para sempre correndo. Puxei Micaela pela mão e começamos a correr, arrastando nossas malas pelo grande vão sob o teto de aço e ferro trançados da estação. Procurei no painel central o número da plataforma e aceleramos para lá.

— Meu Deus do céu! Pra onde a gente vai, menino? — ela gritava e dava risadas.

Paramos em frente à entrada do TGV, já prestes a sair. Entreguei os tickets e sentamo-nos um de frente ao outro.

— Você tá me raptando. Isso não se faz com meninas indefesas e frágeis.

— Pode se acostumar, porque posso não te devolver nunca mais.

— Posso pelo menos saber onde vai ser meu cativeiro?

— Na Provence.

Ela abriu um sorriso.

— Mas...

— Preciso dormir, porque a viagem do Brasil até aqui demorou demais. Não foi fácil passar a noite sobre o Atlântico, velando seu sono. — Tirei os sapatos, fechei os olhos e cruzei os braços.

— Ele não bate bem das bolas, meu Deus! Estou perdida.

Abri um olho. — Você fala francês?

— Eu não, e você?

— Nem uma palavra.

— É doido mesmo. — Começou a rir.

O trem chegou a Aix-en-Provence às 22h15. Os olhos de Micaela brilhavam com o visual da cidadezinha encravada no sul da França, perto de Marselha. Todo o centro ocupado por prédios com até quatro andares e ruas lindas, todas elas calçadas por paralelepípedos irregulares. Pracinhas com cafés de mesas na rua, livrarias, restaurantes, fontes antiquíssimas, tudo parado no tempo.

Instalamo-nos no apartamento alugado na Rue de la Couronne. Uma viela entre duas praças, um prédio do século dezenove por fora e moderníssimo por dentro, com todo o conforto que a tecnologia é capaz de oferecer. A cem metros do Cours Mirabeau, uma das ruas mais bonitas da França.

— Ok, você me trouxe pra um lugar de conto de fadas. Mas por que exatamente aqui? — perguntou.

— E por que não?

— Qualquer lugar do mundo pode ser de conto de fadas se há um príncipe por perto.

— Mas, pra merecer o rótulo de conto de fadas, não podem faltar a princesa e o castelo.

— E um dragão, claro.

— A princesa está na minha frente e castelo não falta na região. Como não tenho condições de enfrentar um dragão só com uma perna, deixemos o bicho quieto. Conclusão: só falta achar o príncipe.

— Será que vou achar algum? — Ela ergueu a sobrancelha.

— Vai ser difícil, considerando que você não fala nada de francês...

Ela me abraçou e colocou o rosto no meu peito. Trocamos um beijo doce. E o cansaço de quase vinte e quatro horas de viagem não deixou nada mais acontecer naquela noite.

57

Acordei-a muito cedo no dia seguinte.

— O café só não veio na cama porque não temos nada pro café da manhã — sussurrei, em meio a beijos em seu pescoço.

Ela riu, pediu para ficar sob as cobertas e fugir do frio que se abatia sobre a cidade.

— Vamos sair desta cama, porque hoje vou mostrar a você muitas coisas.

— Tô curiosa, admito.

— Ontem você me perguntou o motivo de termos vindo pra cá. Bom, esta é a cidade onde nasceu, viveu e morreu o Cézanne. A cidade respira arte, é o cenário de quase todos os quadros dele.

Ela balançou a cabeça. — Você é lindo.

— Você nunca tinha me dito isso antes.

— Não tenho mais medo de dizer nada pra ninguém.

— E tinha medo de me dizer alguma coisa antes de eu voltar do Havaí?

— Muita, e nem sei como tive coragem de ir ao aeroporto aquele dia. Briguei com minha mãe, ela tentou me dissuadir da ideia, disse que eu estava fazendo um papel ridículo e que jamais um cara inalcançável como você falaria comigo.

— Talvez o destino tivesse te jogado lá pra, quatro anos depois, nós dois estarmos deitados numa cama na Provence.

— As voltas que o mundo dá...

— Mas o que achava de mim pra ter ficado lá, sem conhecer ninguém e com aquela faixa na mão?

— Eu te achava lindo.

— Se você tiver que aprender a me reconhecer todos os dias, vai continuar achando?

— Não me interessa, e nem fará qualquer diferença não mais enxergar como você é lindo por fora. Disso já sei, está registrado na minha memória. Agora, mais do que nunca, vou precisar exercer a arte de enxergar o interior das pessoas.

— Pois eu te acho a mulher mais bonita do mundo. Por dentro e por fora.

Olhamo-nos por um longo tempo. Ela ficou acariciando meus cabelos.

— E eu sempre vou te achar o homem mais docemente exagerado do planeta.

Subimos o Monte Saint-Victoire — retratado muitas vezes nas telas de Cézanne —, e passamos o dia refazendo os passos do mestre. Debatemos pintura como se fôssemos dois *experts*.

— Como você aprendeu tanto sobre arte? — perguntou ela.

— Do mesmo jeito que você aprendeu sobre surfe, homens de ferro e dores-fantasma...

No fim da tarde o frio desceu pesado. De volta ao centrinho da cidade e cansados de tanto caminhar, tomamos chocolate quente sentados na borda da fonte de uma praça toda em pedra, circundada por cafés, livrarias e pequenas lojas que vendiam porcelanas provençais e pareciam acompanhar o passo lento do tempo. Com meu celular fiz uma foto dela me olhando com o semblante sereno.

— Quero levar alguma coisa de presente pra minha mãe —disse ela.

Juntei os braços, esfreguei as mãos e soprei um bafo quente nelas. — E eu quero de presente uma lareira, urgentemente. Se achar uma, pega pra mim e pago depois.

— Vou dar uma voltinha pra ver as coisas e você dá umas corridas ao redor da fonte pra se esquentar.

— Vou aproveitar e dar uma olhada em uns livros também.

— Meia horinha?

— Combinado.

Atacado pela temperatura congelante no rosto e peito, comprei um gorro e um casaco de lã em tom creme — diferente da camisa preta que eu vestia—, um dicionário de bolso francês-português, um livro sobre os quadros pintados na região e uma caixa de macarons de várias cores. O lugar onde estivemos sentados não estava mais disponível e, em razão disso, aguardei em uma posição diferente. Fiquei absorto no cenário, no sabor dos macarons, numa família de turistas que fazia uma algazarra para conseguir uma boa foto diante da fonte. Abri o livro e passei a folheá-lo.

A meia hora passou, o céu escureceu e trouxe junto a preocupação. As lojas começaram a fechar e nada de Micaela aparecer. Esquadrinhei a praça, contornei a fonte. Passei em todas as lojas de porcelana provençal ainda abertas. Dicionário nas mãos, eu tentava detalhar a aparência de Micaela: mulher, pequena, boina preta, olhos azuis. Ninguém tinha visto. O sentimento atravessou a linha divisória entre preocupação e desespero. Corri ao Cours Mirabeau e percorri os inúmeros bares e pubs lotados de estudantes. Nenhum sinal dela. A noite avançava e passei a rodar por outras ruas próximas, sempre retornando à rua de nosso apartamento. Então encontrei uma dupla de policiais e tentei explicar a situação. Recebi de volta dois pares de olhos arregalados e, pelo que entendi, indicaram-me a delegacia de polícia. Corri ao apartamento para ver se achava o passaporte dela. Tentava não pensar que algo de pior podia ter acontecido, mas já tinha atravessado a linha entre desespero e pavor. Na delegacia, cuspi uma série de palavras e mímicas para identificá-la. Eles me pediam calma, irritados com meu desespero.

Lembrei-me da foto tirada na fonte ao cair da tarde. Eles baixaram para o computador e transmitiram para as viaturas que circulavam pela cidade. Passei meu endereço e não havia mais nada a fazer a não ser aguardar. Retornei à nossa rua e me sentei na calçada com as costas na parede de pedra ao lado da porta do prédio, culpando-me por permitir que Micaela se perdesse de mim. O mistral soprava frio e cortante, canalizado pela rua estreita, e emitia um silvo estridente. Era o som do medo de ter feito a maior merda da minha vida.

Após um tempo indefinível, finalmente avistei-a próxima ao primeiro prédio da rua e corri em sua direção. Ela se encolheu e me jogou um olhar como se temesse o ataque por um desconhecido. E foi aquele o momento em que percebi qual tinha sido meu maior erro: mudar a roupa e colocar o gorro na cabeça. Jamais poderia esquecer que sua limitação, ainda recente e muito longe de ser resolvida com naturalidade por seu cérebro, poderia nos colocar em situações como aquela. Eu precisaria cuidar de Micaela muito mais do que andava fazendo.

— Mica, sou eu. — Tirei o gorro, prendi o cabelo, coloquei meu casaco em suas costas.

— Procurei por você na fonte — disse ela, com o rosto enterrado em meu peito. — Fui pra um café e fiquei olhando de longe pra ver se você aparecia. Daí, passei a te procurar nas ruas próximas. Voltei não sei quantas vezes aqui.

— Prometo nunca mais deixar isso acontecer, meu bem.

— Ai, Bruno, tenho medo disso tudo. —Ela me apertou com a força que jamais imaginei existir naquele corpo tão frágil.

Depois de passarmos na delegacia e retirarmos a ocorrência, terminamos a noite na Brasserie des Deux Garçons, outrora frequentada por Cézanne, Picasso, Piaf e Zola. Voltamos no tempo, como se fizéssemos parte daquele time de grandes artistas. Micaela nunca havia contado tanto sobre si, a infância, os sonhos, o porquê de ter começado a pintar. Também contei quem eu era e como ela havia me transformado. Meu anjo protetor estava ali e o mundo podia acabar naquele instante que, ainda assim, estaria tudo bem.

Entramos aos beijos no apartamento, já de madrugada, com o silêncio provençal só quebrado por estudantes bêbados voltando de festas nos pubs. Apertei o interruptor para ligar a luz da sala e, num rápido lance, Micaela apagou-a.

— Deixa só a luz da rua — pediu. No player sobre uma cômoda branca, sintonizou uma rádio com uma canção francesa lenta. — Dança comigo?

— Só se for a noite toda.

Ela tirou o sobretudo. O vestido branco de pano mole refletiu-se no grande espelho do lado oposto da sala. Puxei-a pela cintura e dançamos. Minhas mãos passaram a explorar seu corpo e ela envolveu os braços por trás de minha nuca, como se me fizesse saber que não resistiria a qualquer movimento meu. Passei a beijar seu pescoço, o som de sua respiração misturava-se ao da voz aguda que sussurrava a canção.

Após um suspiro longo, ela segurou meu rosto e murmurou:

— Bruno, preciso te dizer que... Sabe, eu ainda sou...

— Eu sei, linda. Se preferir que eu não...

— Não. Você aqui, dentro de mim, é tudo o que mais desejo nesta vida.

Paramos de dançar. Olhei fundo em seus olhos. Corri os dedos por seus cabelos e sussurrei:

— Eu te amo.

Ela enrubesceu, balançou levemente a cabeça. Peguei-a no colo e a levei para a cama. Beijei seu corpo inteiro, jamais tocado pelos lábios de ninguém.

E tudo o que aconteceria naquela noite fria, dentro de um apartamento escondido numa pequena cidade encravada no interior de nossos melhores sonhos, seria digno de um verdadeiro conto de fadas.

58

Pela fresta da cortina era possível ver o céu muito azul, mas o frio nos segurou no apartamento até o fim da manhã. Aproveitamos para repetir a madrugada e alternamos momentos na cama, sala, chuveiro e em todos os ambientes ainda não explorados. Exaustão testada ao limite entre novidade e desejo.

Deitados, cansados, em silêncio, eu fazia carinho no rosto dela, aguardando a coragem para tomar pé da situação e começar o dia fora dali.

— Posso fazer uma coisa que tenho muita vontade desde quando a gente se conheceu? — sussurrou ela.

Desligou o abajur do quarto, a luz do banheiro deixou o ambiente na penumbra. Desencaixou o espelho sobre um velho móvel, levou-o até a cama e o posicionou entre minha perna direita retalhada e o coto da esquerda. Em silêncio, pegou minha mão e me fez segurar a peça. Olhávamo-nos e sorríamos. Ela começou a massagear minha "perna boa". Os movimentos que fazia com o toque macio das mãos, junto à imagem em dobro da perna, tinham mesmo a capacidade de enganar meu cérebro. Eu olhava o espelho e sentia ter outra vez duas pernas inteiras. E acariciava aquele anjo doce, de joelhos na cama, fazendo a coisa "que tinha vontade desde quando me conheceu de verdade".

59

No início da tarde, caminhamos ao longo das ruas floridas pela alta primavera, contornamos a Rotunda, a maior fonte da cidade, comemos croissants, calissons e marrons chauds num copinho de papel. Alugamos um Mini Cooper conversível. Campos roxos de lavanda, castelos repousados nos montes, pequenas cidades cercadas por altos muros de pedra, estradinhas cortando túneis naturais de árvores. Uma surpresa a cada curva. Após pouco mais de uma hora de paisagens de tirar o fôlego, estacionamos no centro histórico de Saint-Rémy-de-Provence, uma cidadezinha incrustada no século XV.

— Isso aqui é muito lindo. — Ela apertou os lábios.

Coloquei a mochila nas costas e saímos. Na primeira esquina havia uma placa com uma seta indicando *Saint Paul de Mausole.*

— É por aqui. — Apontei para a placa.

— Êpa! — Ela parou de andar. — Não é o que eu estou pensando. Ou é?

— Ainda não tenho o dom de ler pensamentos...

— Não acredito que você me trouxe aqui, Bruno.

— Pensei em trazê-la desde quando nos deitamos naquela pedra na praia e nos definimos como loucos.

Subimos a colina de Saint-Rémy. A cada trecho, o *maior louco de todos* havia pintado algumas de suas grandes obras. Chegamos ao hospício e, no meio do longo corredor da ala norte, estava o quarto de Van Gogh, retratado em uma de suas grandes obras e conservado desde o fim do século XIX. A cena de Micaela parada na janela com vista para as encostas dos Alpilles, me dava impressão de que ela fazia uma retrospectiva de sua vida, seus sonhos, seu caminho até ali, ao tentar projetar como Van Gogh havia transposto as maiores loucuras dele para as telas.

No andar de cima, o ateliê. Vista a perder de vista. Ao longe, os picos das montanhas. Dali, ele havia pintado a Noite Estrelada. Micaela parecia a criança que ganha o primeiro pedaço do bolo da festa. Talvez seu sentimento tenha sido o mesmo que o meu, ao pisar ao Havaí. Um sonho particular impossível de comunicar a outras pessoas. A diferença é que, ali, as únicas forças da natureza capazes de atacá-la de todos os lados eram a alegria, a beleza e a simplicidade.

Saímos de mãos dadas pelo jardim, cenário de outras obras.

— Foi nesta região aqui onde Van Gogh disse, certa vez, que a gente não devia criticar Deus por este mundo, porque Deus é um artista e todo artista faz estudos antes de dar forma definitiva à sua obra-prima — expliquei a ela.

— Então este mundo seria um estudo de Deus que saiu errado?

— Se é o mundo que nos foi dado, é nossa tarefa tentar fazer daqui um lugar melhor.

— Melhorar a obra de Deus?

— Por que não? — Levantei a sobrancelha.

— Acha possível?

— Tem coisas que não podemos modificar. Essas a gente aceita. E se tivermos sabedoria pra descobrir as que podemos, com um pouco de coragem dá pra conseguir.

Micaela sentou-se num banquinho de madeira, como os retratados em diversos quadros do mestre, e contemplou o cenário. Detive-me alguns passos atrás, era seu momento de reverenciar o lugar e não desperdiçar um detalhe daquele santuário. Estaria rezando? A quem? Pedindo algo ou agradecendo? O sol tocava o horizonte e havia chegado, enfim, a hora de eu cometer minha *grande loucura*. Retirei da mochila dois adereços que trouxera do Brasil. Como mágica, o disco de cetim virou cartola. Coloquei o nariz de palhaço e aguardei, o coração dando saltos. Após alguns minutos, Micaela se virou em minha direção e arregalou os olhos. Em meio a um movimento rápido de ombro e braço, fiz surgir, de dentro de mãos mágicas, uma rosa vermelha.

Micaela me encarou, boquiaberta. — O mágico do hospital é você! — Ela sorria. — Sabia que assisti a algumas das suas apresentações lá no hospital?

— Pois você precisa reaprender a arte da invisibilidade. Porque em todas as apresentações era por você que eu procurava no meio do pessoal.

— E me achava?

— Sempre bem no canto. A menina dos óculos pretos... — diminuí o ritmo da fala — do cabelo curtinho... — fui me aproximando — do jeito tímido... — mais perto — nerd... — sussurrando — suco de caju... — colei meu corpo no dela — e dos belos olhos de um azul ainda mais profundo que o azul mais azulado de todas as estrelas da Via Láctea.

Coloquei meu joelho no chão, apoiei a prótese de lado para me equilibrar, entreguei-lhe a flor. — Um dia reclamei que meus dias duravam uma eternidade. Hoje, por sua causa, todas as manhãs peço para eles durarem duas eternidades seguidas.

Ela ruborizou.

Completei:

— Mica, você quer casar comigo?

60

Vinte e seis de junho, domingo.
Bom Jardim da Serra. Meu aniversário.

Conforme combinado desde nossa última vez na serra, eu, Micaela e Karina realizávamos o reencontro da *famiglia*. Daquela vez, não mais sozinhos, pois fora do chalé quase uma centena de pessoas circulava entre mesas. Cada um de nós três segurava seu copo quadrado cheio de saquê, levados especialmente para a ocasião.

— Noventa por cento coração, dez por cento razão! — Brindamos e viramos num gole só.

— Ao Dante, que está neste momento bem aqui ao lado brindando com a gente — sussurrei.

Karina e Micaela tentavam, sem sucesso, não borrar a maquiagem. Já tinham chorado tudo o que podiam e não podiam.

— Tô muito feliz por saber que a *famiglia* nunca vai deixar de existir — disse Karina. — Mas, como madrinha, é meu dever zelar por este casamento. Precisamos sair, porque o pessoal lá fora já tá impaciente. Ouçam os aplausos.

— Não sem antes eu mostrar uma coisa. — Abri uma sacola e tirei um pequeno quadro. — Lembram-se deste dia?

A moldura envolvia a foto que havíamos tirado na última vez. Os quatro integrantes da *famiglia* abraçados, embaixo da grande cerejeira, o chalé ao fundo e o céu muito azul.

— O melhor e o pior final de semana da minha vida — disse Karina.

Abraçamo-nos. Declarei:

— Bom, meninas, é chegada a hora. A gente tem algo importante a fazer.

Os aplausos do lado de fora ficavam cada vez mais compassados e altos. Micaela ajeitou a gola do meu fraque e disse:

— Vá logo, Homem de Ferro, antes que o pessoal invada isso aqui.

— Enquanto isso, dou um jeito de consertar nossas maquiagens. — Karina esfregou as mãos.

Dei um beijo no rosto de cada uma e saí do chalé.

Alguns minutos depois, eu já estava no pequeno altar de madeira montado sob a grande cerejeira. Gabi e Rafa, dois dos três anjos que me conduziram vivo até aquele momento, entraram vestidas de branco ao som de *Starry Night*, do Satriani. Seguravam buquês de flores vermelhas. Vieram caminhando pelo tapete vermelho e pararam ao meu lado. Pisquei para as duas e sorri.

O silêncio então se fez por alguns segundos até entrar a canção francesa que havia embalado o primeiro beijo de nossa história. Todos os convidados se levantaram e, da porta do chalé, Micaela apareceu de vestido branco, com um arranjo de flores vermelhas nos cabelos e de mãos dadas com seu Jorge.

À luz do meio da tarde e do céu sem qualquer nuvem a atrapalhar a visão de quem assistia da posição privilegiada lá de cima, a menina mais linda do mundo veio em minha direção. Quando ela chegou a poucos metros de mim, deu-me um olhar desconfiado, como se mais uma vez não me reconhecesse. Não mais do que de repente, tirei de dentro do fraque o disco de cetim, transformei-o numa cartola e a enfiei na cabeça. Busquei no fundo do bolso interno o nariz de palhaço e o coloquei. Todo mundo deu risada, Micaela não conseguiu parar de rir e fez sinal de positivo para todos, como se indicasse: *agora sei quem é.*

61

Depois das tradicionais fotos dos noivos, com a Serra do Rio do Rastro de cenário, e enquanto os convidados começavam a se servir das bebidas e comidas, peguei duas taças com suco de caju e escapei com Micaela para dentro do chalé. Demos um longo beijo, em frente à lareira e sobre o tapete que outrora testemunhara nossa primeira dança.

— Sabe, há muito tempo eu queria perguntar uma coisa a você — falei. — O que você pediu pra estrela aquela vez na praia já se realizou?

Ela me olhou com ternura, passou a mão no meu rosto. — Já. — Piscou em minha direção.

Abraçamo-nos por um longo tempo, em silêncio.

— Tenho um presente de casamento pra você — disse ela.

— Um presente maior do que o fato de eu ser, agora, o "Senhor Invisível"?

— Maior do que isso é impossível.

Micaela foi ao quarto e retornou com um grande embrulho nas mãos. Quando rasguei o papel, lá estava o quadro que ela tinha pintado no Rio de Janeiro, após fugir da própria festa de formatura.

— Demorei a terminar este quadro, porque faltava alguma coisa e só a pintaria quando tivesse certeza do que era.

— E...?

— Olha com calma e você vai ver.

Pois de dentro do tubo, da visão de trás do surfista com a prótese, era possível ver, lá no fundo, uma menina de cabelos curtos e pretos sentada na praia, de braços levantados e aplaudindo a manobra. Meus olhos encheram.

— Faltava eu na sua vida — completou e colocou em minha mão a peça do quebra-cabeças, que eu havia deixado na UTI.

— Você é maravilhosa, menina — sussurrei. — Também tenho um presente.

— Melhor do que o fato de eu ser, agora, a "Senhora Incrível Doutor B"?

— Melhor do que isso é impossível.

Tirei de uma sacola um porta-chaves prateado e um molho de chaves.

— Me ajude a encontrar o melhor lugar pra pendurar isso aqui no chalé.

— Como assim?

— Fica melhor do lado direito ou esquerdo da porta? — Fiz um semblante compenetrado.

— Não estou entendendo. Não vá me dizer que você comprou... — Micaela começou a rir e a chorar ao mesmo tempo.

— Pois é, o chalé agora é nosso.

Abri a janela virada para o vale.

— Que desta janela você pinte todos os seus "Noites Estreladas" particulares. Esta será sua vista, do jeito que Van Gogh tinha a dele. Se você achar que sou louco, pode ter certeza de uma coisa: sou louco por você.

Ela então me abraçou e nos beijamos encostados ao parapeito da janela.

E todo mundo da festa aplaudiu...

62

Desde o dia em que parti para o encontro com meu destino, lá no Rocky Point, essa é minha história. Afastado um pouco da festa, sentado numa cadeira e já sem o fraque, por frações de segundo eternas relembro tudo o que me aconteceu e percebo como demorei a notar, como diz minha oração de comunhão com os deuses da natureza, que, no fim das contas, eu saí daquela água melhor do que entrei.

O céu começa a alaranjar, a serra se ilumina num tom suave e a cerejeira balança com o vento. Sobre o palco montado, a banda toca uma canção havaiana parecida com a que escutei antes de entrar na água para viver o momento que mudaria para sempre minha vida.

No meio do grande tablado de madeira, Jones Robens dança de rosto colado com Dona Graça e, se conheço bem o velho, aquilo não vai terminar ali. O Pequeno, do alto de seu metro e noventa, beija Karina e penso: *Grande Pequeno!* Meus pais e Flávia dançam juntos. O velho Jonas, ainda se adaptando às próteses recém-colocadas, e sentado a uma das mesas ao lado de uma das filhas, lança para mim o olhar terno de alguém que também não se enxerga mais como invisível. Agradeço e retribuo o sorriso. Ao centro da pista, a doce e singela cena: Mica dança com Gabi e Rafa. Meus três anjos. Força, Proteção e Cura.

De repente, Micaela para de dançar e parece me procurar pela festa. Após alguns segundos de indecisão, ela se vira em minha direção. Pela forma como me olha, percebo que mais uma vez não me reconhece. E assim a vida seguirá, uma história que teremos de reinventar todos os dias, no desafio de nos reconquistarmos a cada manhã. Mas um dos grandes desafios da vida é provar que as teorias estão erradas. Por isso, nunca mais andando e para sempre correndo, vou em direção aos seus braços, na certeza de que toda noite estrelada terminará com um raio de sol a anunciar o começo de um novo dia.

Todos os dias.

Melhores.

Pra sempre.

Epílogo

Rocky Point, Havaí. Seis meses depois.

O sol a pino marca o verão havaiano para mais de 30 graus. Em silêncio e sentados sob uma mangueira, à beira da areia clara, eu e Micaela observamos as ondas quebrando, ao som de seus graves rugidos. Bandeirolas verdes ao longo da praia indicam que há boas condições na área.

— Foi bem ali. — Aponto.

Micaela balança a cabeça, mirando o ponto atrás da arrebentação.

— E o que você sente agora?

Fiquei um tempo indefinido apenas olhando o mar.

— Gratidão.

Por tudo o que já passei e pelo que ainda vou passar, por todos os que já vieram e os que ainda virão: *sinto muito, me perdoe, te amo, sou grato.* Se eu já sei o significado dessas quatro frases? Não, ainda há muito a aprender, mas, como se diz por aí, não existe caminho para a sabedoria. A sabedoria é o caminho. Numa fração de segundo, relembro-me de todos os professores que me conduziram até ali, começando pelo tubarão. Todos eles especialistas. Médicos de alma.

Viro-me para Micaela, que sorri e me pergunta:

— Tá pronto?

— Nunca estive tão pronto.

— Bora?

— Só se for agora.

Pegamos nossas pranchas e vamos em direção à água...

Agradecimentos

A você, leitor, que chegou até aqui. Se também parou para ler os agradecimentos, isso significa que você é uma pessoa legal.

Ao editor James Misse, e a todos da editora Pé da Letra, a concretização de mais um de meus sonhos literários.

À Luciana Villas-Boas, Anna Luiza Cardoso, Yasmim Ribeiro e Miguel Sader o cuidado com a minha carreira.

Ao amigo, compadre, irmão e escritor Alexandre Parente, o entusiasmo de propagar as histórias e abrir mais uma porta valiosa.

Ao meu irmão Pedro Fernando a parceria sempre certeira na comunicação visual.

Ao diagramador Marcos Jundurian, a parceria, a paciência e a excelência no trabalho.

À querida amiga e escritora Samanta Holtz o carinho das palavras sobre a minha história.

Aos tantos blogueiros e parceiros literários a empolgação com que sempre me ajudam a divulgar meu trabalho.

Por fim, à minha família M, todos os dias, horas e minutos da minha vida.

1 - As quatro pequenas frases "Sinto muito; Me perdoe; Te amo; Sou grato" integram a visão moderna da prática havaiana de reconciliação chamada Ho'oponopono. A palavra significa "consertar as coisas" de maneira moralmente correta e é um método baseado na essência da espiritualidade havaiana tradicional de antigos ensinamentos identificados como "tornar o caminho certo, mais certo". Significa viver um estilo de vida justo que ilustra amor, respeito, preocupação, seguindo a verdade com promessas e compromissos.

2 - Conheça o trabalho dos Doutores da Alegria em doutoresdaalegria.org.br

Anotações

Anotações

Anotações

Anotações

Anotações

Anotações

Anotações